Carola Wimmer

ALLE FÜR ELLA

CAROLA WIMMER

Alle für ELLA

Basierend auf dem gleichnamigen Film

cbt

Bei diesem Buch wurden die durch das verwendete Material und die Produktion entstandenen CO_2-Emissionen ausgeglichen, indem der cbj Verlag ein Projekt zur Aufforstung in Brasilien unterstützt.
Weitere Informationen zu dem Projekt unter:
www.ClimatePartner.com/14044-1912-1001

FSC
www.fsc.org
MIX
Papier | Fördert gute Waldnutzung
FSC® C014496

Penguin Random House Verlagsgruppe
FSC® N001967

Wir produzieren
Klimaneutral
ClimatePartner.com/14044-1912-1001
Druckprodukt

1. Auflage 2022
Originalausgabe August 2022

Basierend auf dem Drehbuch von Timo Baer und Anja Scharf
Story: Timo Baer, Anja Scharf, Ulrike Schölles, Jan Galli;
Drehbuchbearbeitung: Teresa Fritzi Hoerl
Umschlaggestaltung: Geviert, Grafik und Typografie, Michaela Kneissl
Covermotiv: © 2022 Neue Bioskop Film GmbH und
Weltkino Filmverleih GmbH
kk · Herstellung: UK
Satz und Druck: GGP Media GmbH, Pößneck
ISBN 978-3-570-31461-6
Printed in Germany

www.cbj-verlag.de

1. Kapitel

Vier. Piep. Sieben. Piep. Neun. Piep –

Ellas Zeigefinger schwebte unsicher über der Tastatur an der Pforte. Wie war noch mal die letzte Ziffer? Genervt wischte sie sich das klebrige Haar aus der Stirn. Sie schwitzte. Denn hinter ihr lag nicht nur eine stressige Fahrradtour quer durch die sommerlich heiße Stadt – sondern auch eine nicht enden wollende Arbeitsschicht im Pizzaturm. Das hieß: Sechs Stunden Pizzen belegen, sechs Stunden stechende Ofenhitze. Ellas Gesicht glühte. Der ölige Küchendunst begleitete sie immer noch. Er haftete als dünner Film auf ihrer Haut, er hatte es sich in ihren Haaren gemütlich gemacht und einen Zweitwohnsitz in Ohren und Nase beantragt. Und keine Dusche der Welt konnte diesen Mief wirklich killen!

Sie schnaubte genervt und probierte es aufs Geratewohl: ein Glück, die Drei war richtig. Ein erneuter Piepton, und mit zweifachem Klacken öffnete sich das schwere Schloss und die Torflügel zur Villenauffahrt schwangen sanft zur Seite. Ella betrat das Grundstück.

Sofort fühlte sie sich leichter. Für jemand wie Ella, die immer nur durch die Gegend hetzte, war so ein Garten das reine Paradies. Dichte Hecken schluckten den Straßenlärm, Kiefern beschatteten das akkurat geschnittene Grün. Bis auf das Knirschen des Kieswegs unter ihren Sohlen und eine kleine Vogelschar, die vergnügt in den Sträuchern schwatzte, herrschte geradezu übernatürliche Ruhe. Ella atmete tief durch, ihr Hirn schaltete einen Gang runter.

Sie näherte sich der Terrasse – und Ella traf der Schlag. Die ganze Fläche glich einem Schlachtfeld! Überquellende Aschenbecher, in halb leeren Bierflaschen versenkte Kippen, Teller mit Essensresten, rollenweise Toilettenpapierfahnen, Glitzerkonfetti – und Hühnerfedern! Alles sah nach einer völlig aus dem Ruder geratenen Party aus. Ella hob eine leere Flasche vom Boden auf. Wow, die gönnten sich ja was. Champagner! Mit Blattgold drin? Als sie sich genauer umsah, entdeckte sie noch mehr Champagnerflaschen. Dazu überall leergeschleckte Leckmuscheln. Ella hob eine Verpackung auf. Das Zeug nannte sich »Schleck-o-mio-Shell«. Brrr!

Wirkliche Sorgen bereiteten ihr allerdings die Hühnerfedern. Hatte hier etwa ein Huhn gefeiert oder war es vielmehr gerupft worden?

»Mom?«, rief Ella. Keine Antwort.

Ella rief noch mal, lauter diesmal, und ein Anflug von Panik mischte sich in ihre Stimme. »Mom?!«

Im selben Moment setzten in der Ferne dumpfe, extrem tiefe Bässe ein, die die Fensterscheiben zum Klirren brachten. Ella spürte die Vibration bis in ihre Eingeweide. What the fuck? Irritiert sah sie sich um. Also, entweder experimentierte hier jemand mit ultrageheimer Alien-Technologie – oder er hatte einen Subwoofer aus der Hölle! Sie lauschte einen Moment. Der Beat schien aus dem obersten Stockwerk zu kommen.

»Hallo?« Sie war nun mehr empört als beunruhigt.

»Schrei doch nicht so!«, hörte sie da die vertraute Stimme ihrer Mom. Im nächsten Moment erschien diese auch schon in der Terrassentür. Sie trug ihre Arbeitskluft: Putzhandschuhe und ein rosa T-Shirt mit der Aufschrift »sauber.de«. Die schulterlangen Haare hatte sie mit einer Spange aus dem Gesicht gesteckt.

»Hierher! Komm!« Sie winkte Ella zu sich, während sie sich geräuschvoll die Handschuhe von den Händen schnalzte. Ungeduldig nahm sie Ella den Pizzakarton aus der Hand.

»Was ist hier passiert?«, wollte Ella wissen.

Ihre Mutter zuckte mit den Schultern. »Keine Ahnung. Aber wie du ja sehen kannst, bin ich hier sicher noch ein paar Stunden beschäftigt. Deswegen: Lebensrettung!«

Dann ging sie voran ins Wohnzimmer, das ebenfalls noch unaufgeräumt war, setzte sich auf die Couch und riss den Deckel auf. Dankbar griff sie nach einem Stück Pizza.

Von oben waren immer noch Bässe zu hören. Doch mit einem Mal brach der Lärm ab.

»Der macht mich noch wahnsinnig mit seinem Gewummer«, seufzte ihre Mom in die plötzliche Stille, während sie hungrig kaute. Sie war kaum vierzig, drahtig und fit und manchmal schon für Ellas Schwester gehalten worden. Aber heute wirkten ihre Augen müde und alt. Ella sah, wie krass erschöpft ihre Mutter war. Sie arbeitete wirklich jeden Tag, sogar an den Wochenenden. Denn als alleinerziehende Mutter in einer der teuersten Städte Deutschlands brauchte sie mehr als einen Job, um die Miete zu bezahlen. Das galt zwar nicht gerade für eine Ärztin oder einen Bankbesitzer, aber mindestens für all jene, die sich mit Mc-Jobs durchschlagen mussten.

»Hast du noch ein paar Handschuhe?«, fragte Ella.

Ihre Mom wusste sofort, worauf Ella hinauswollte. Sie wehrte entschieden ab: »Ach nee, wirklich, da büffelst du lieber Physik.«

Ella verdrehte die Augen. Ihrer Mutter war es extrem wichtig, dass sie das Abitur schaffte. Ella sollte schließlich mal ein einfacheres Leben haben.

»Du wirst hier alleine doch bis übermorgen nicht fertig«, widersprach Ella. »Außerdem helfe ich dir lieber jetzt, als später mit Tim Abendessen zu kochen. Hab so was von keinen Bock, noch mal irgendwas in der Küche zu machen heute.«

Das mit dem Abendessen war natürlich gelogen. In Wirklichkeit wollte Ella ihre Mom nur auf keinen Fall im Stich lassen. Dass sie – wenn es eng wurde – auch für ihre Mutter da sein wollte, war schließlich Ehrensache, ob es nun ungelegen kam oder nicht. Eigentlich war sie nämlich in weniger als zwei Stunden zur Probe mit ihrer Band verabredet und sie würde ungern zu spät kommen. Denn in den letzten Wochen waren ihre Freundinnen Anaïs, Cahide und Romy für regelmäßige Treffen immer zu beschäftigt gewesen. Durch den ganzen Abistress war die Musik leider in den Hintergrund geraten. Ella hatte die gemeinsamen Sessions aber unendlich vermisst. Sie hatte regelrechte Entzugserscheinungen. Trotzdem ging ihre Mutter heute vor. Ihre Freundinnen würden die Situation sofort verstehen. Sie kannten ihre

Mutter schließlich schon seit Jahren, gingen wie Familienmitglieder bei ihnen ein und aus. Ja, sie waren irgendwie selbst schon Teil ihrer Familie geworden und wussten daher ganz genau, wie sehr Ellas Mom sich jeden Tag abrackern musste.

Von oben setzten die Beats wieder ein, lauter als zuvor. Ihre Mutter schüttelte erneut den Kopf und versuchte, dabei streng und bestimmt auszusehen.

»Komm. Ich bin voll im Groove«, behauptete Ella und wippte im Takt. Sie schmiss ihre bronzene Secondhand-Lederjacke aufs Sofa und band sich die rotblonden Locken zusammen. Ihre Mutter zögerte noch immer. Aber dann seufzte sie ergeben und reichte ihrer Tochter das zweite Paar Handschuhe.

2. Kapitel

Manche Leute glauben vielleicht, Putzen sei der schlimmste Job der Welt. Ella war da anderer Meinung. Also okay, von Rückenschmerzen und Niedriglohn mal abgesehen. Aber wenigstens war Putzen eine grundehrliche Angelegenheit, und niemand verlangte, dass man sich verbog. Konnte es etwas Wichtigeres geben im Leben? Für Ella war die Sache klar: Nein!

Sich selbst anfeuernd, tanzte sie rüber zur Treppe und sammelte im Takt Flaschen, Leckmuscheln und Essensreste ein. Sie füllte Mülltüte um Mülltüte und kam allmählich in den Flow. Mit jeder Minute verwandelte sich das Wohnzimmer weiter zurück in seinen ursprünglichen, Insta-tauglichen Zustand: der absurd hochflorige weiße Teppich, dem eine ganze Schafherde ihre Wolle geopfert haben musste, edle Bodenvasen, cremefarbene Sideboards, bodentiefe

Panoramafenster – und dazwischen jeweils unglaublich viel Platz. Der Raum allein war schon so groß wie ihre ganze Wohnung in der Hochhaussiedlung.

Unter einem in die Ecke geworfenen Sofakissen entdeckte Ella eine Bronzekugel. In Wohnzeitschriften wird so etwas Eyecatcher genannt. Ella war von ihrer perfekten Form beeindruckt. Ihre Mutter hatte selbst so ein Faible für Raumschmuck. Aber statt eine fancy Kugel in die Ecke zu stellen, verzierte sie die enge Wohnung lieber mit Wandtattoos und Deko aller Art: Lichterketten, Traumfänger, bunte Kettenvorhänge, Steine von der letzten Reise, Geschenkladenschrott, alles natürlich dicht an dicht. Nichts davon durfte angefasst oder gar weggeworfen werden. Den Vogel schoss ein hässlicher Keramikfrosch – »Fredi Kackfrosch« genannt – ab. Ella, ihr Bruder und sogar ihre Mom hassten das scheußliche Ding. Aber: Fredi Kackfrosch war ein Geschenk, der musste bleiben!

Trotzdem hätte Ella nicht tauschen wollen. Die Villa war einfach zu kalt und unpersönlich. Ein gemütliches Zuhause sah ihrer Meinung nach jedenfalls anders aus. Immer noch im Schwung schnappte sie sich den Staubsauger, sang theatralisch den Refrain eines Songs in den Rüssel und stürzte sich dann auf das schicke Designersofa. Sie saugte die Lehnen, die Sitzkissen, die Ritzen – als ihr plötzlich etwas Glibberiges begegnete. Es war ein gebrauchtes Kondom. Angeekelt schnalzte sie es weg. Ella ächzte. Verdammt, Putzen war eben doch der schlimmste Job der Welt! Kurz überlegte sie, das widerliche Teil einfach liegen zu lassen. Lieber hätte sie stattdessen in ein Nest behaarter Riesenspinnen gefasst! Ächzend betrachtete sie das Ding auf dem Boden. Immerhin bewegte es sich nicht. Ella atmete tief durch. Dann nahm sie eine Plastikgabel und fischte mit gebührendem Abstand nach dem Gummi. Schnaufend warf sie es in einen Müllbeutel. »Urch!«

Dann rannte sie zum Waschbecken, um alle eventuell anhaftenden Ekelmoleküle von den Handschuhen zu schrubben. Anschließend saugte sie mit grimmiger Miene das Sofa bis in die letzte Ritze durch, als müsste sie ein Dixie-Klo abkärchern.

Endlich fertig, wischte sie sich mit dem Ärmel den Schweiß von der Stirn, ihre Laune war deutlich gesunken. Um frische Luft zu schnappen, trat sie auf die Terrasse, als im nächsten Moment ein orientierungsloses Schneehuhn an ihr vorbeispazierte. Ella schlich vorsichtig heran. Doch das Tier ließ sich nicht ohne Weiteres einfangen. Bei jeder Annäherung legte es augenblicklich einen Gang zu und flüchtete federfliegend in eine andere Ecke. Aber nach einigem, von lauten Flüchen begleiteten, Hin und Her, gelang es ihr dann endlich doch. »Was haben sie denn nur mit dir gemacht, hm?«, flüsterte Ella, während sie dem verängstigten Vogel über die Flügel strich. Behutsam brachte sie das Huhn in den hinteren Teil des Gartens, wo tatsächlich ein großer Käfig stand. Dort warteten bereits drei weitere Schneehühner auf ihre flüchtige Artgenossin.

Ella atmete durch. Aktion Hühnerrettung abgeschlossen, Treppe, Wohnzimmer und Diele waren so gut wie fertig. Jetzt würde sie sich das obere Stockwerk vornehmen. Bei dieser Gelegenheit würde sie wohl auch den Hühnerverwirrer und Kondomliegenlasser kennenlernen. Sie konnte es kaum erwarten, ihn mit ihren Blicken zu judgen! Also schnappte sie sich einen Besen und lief nach oben. Energisch öffnete sie die Tür, hinter der die Bässe vor sich hin pumpten. Und da traf sie auch schon der zweite Schlag des Tages:

Was sie beim Eintreten entdeckte, war – abgesehen von einem pornösen King-Size-Bett – ein professionelles Tonstudio mit Riesenmischpult, fantastischen Monitorboxen und extrem edlem Outboard-Equipment. Davor fläzte ein Typ in einem bossigen Designer-Chair. Er war wenig älter als sie und sah unverschämt gut aus. Dunkle glatte Haare, die ihm in die

Stirn fielen, schöne Augen, breite Schultern. Fette Goldkette um den Hals und ein Hemd mit Leopardenmuster, das bestimmt ein Schweinegeld gekostet hatte. Eine Mischung aus Bad Boy und Mädchenschwarm. Ella ächzte innerlich. Offenbar war nicht nur Reichtum, sondern auch gutes Aussehen ungerecht verteilt. Aber dieses Studio haute sie tatsächlich um: »Heiliger Kurt Cobain«, entfuhr es ihr.

Der Junge riss den Lautstärkeregler am Mischpult runter, während er sich ganz zu ihr umdrehte. »Ey. Hier ist für die Putztruppe tabu«, blaffte er sie an. Er hob den Kopf und stutzte kurz, als er sie sah. Es war nicht mal der erwartete Bodycheck, sondern er sah ihr direkt in die Augen. Aber ihm fiel nichts Besseres ein als: »Bist du neu, oder was?«.

Ella blinzelte irritiert. Doch sie ließ sich nicht einschüchtern. »Sag mal …«, erwiderte sie und ihr Blick fiel auf seinen Monitor. Auf dem Bildschirmschoner stand »alfaMK« – was immer das bedeuten sollte.

»Also: ALFA-EMM-KA. Was soll das da unten eigentlich sein? Hangover Teil 8?«

Statt einer Erklärung erntete sie nur ein kühles Lächeln. »Ihr werdet doch nach Stunden bezahlt, oder nicht?«, gab er ungerührt zurück.

Ella verdrehte die Augen. Really? Was glaubte er, wer er war? Gerade wollte sie sich umdrehen und wortlos das Zimmer verlassen, da fiel ihr Blick auf eine an der Wand lehnenden Gitarre. Es war nicht einfach nur irgendeine, sondern eine Custom Les Paul, die vielleicht schönste elektrische Gitarre der Welt. Ein wahres Schmuckstück aus Mahagoni und Ahornholz.

»Ist das etwa ’ne Les Paul?«, fragte sie atemlos.

Der Junge sah Ella einen kurzen Moment lang überrascht an. Mit einer solchen Frage hatte er offenbar nicht gerechnet von jemand *aus der Putztruppe*. Aber er fasste sich schnell wieder.

»Ja. Kompensationsgeschenk von meinem Dad, weil Weihnachten 2018 ausgefallen ist«. Er deutete in die Zimmerecke: »Die Strat ist 19, und die Fender da drüben, warte mal, 15, glaub ich.«

»Du Armer!«, entfuhr es Ella spöttisch, während sie nun teils fasziniert, teils empört auf die exklusive Sammlung starrte. Was wollte dieser Möchtegern-Coolio bloß mit den Teilen? Das waren doch Perlen vor die Säue! Ella hatte niemanden in ihrem ganzen Bekanntenkreis, der sich ein so teures Instrument leisten konnte. Was würde sie darum geben, die Gitarre einmal in die Hand nehmen zu können! Ohne es zu merken, machte Ella einen Schritt Richtung Gibson. Aber sie wurde sofort gestoppt: »Ey … das ist kein Museum hier! Also …«

Ella begriff nicht. »Also …?«

Der Junge wedelte sie mit einer Hand weg: »Tschüsseldorf!«

Am liebsten hätte Ella lauthals gelacht. Was für eine Frechheit! Und dann auch noch Tschüsseldorf! Warum nicht gleich Tschüssikowski und Tschö mit ö! Was stimmte mit dem Typen nicht? Niemand sprach so! Zumindest niemand, den sie kannte. Aber statt überlegen zu lächeln, stieß Ella zu ihrer Überraschung nur ein albern affektiertes »Pfft« aus. Himmel, wo kam das denn jetzt her, wunderte sie sich, während sie erhobenen Hauptes die Tür hinter sich zuzog. Sie hatte sie noch nicht ganz geschlossen, da wurde die Lautstärke auch schon demonstrativ voll aufgedreht. Ella blieb stehen und lauschte einen Moment.

Erschrocken ertappte sie sich beim Mitnicken. Sie hielt inne. »Ella, bitte! So ein Macker-Hip-Hop ist doch scheiße«, tadelte sie sich.

3. Kapitel

Eigentlich ließ sich Ella von irgendwelchen dahergelaufenen Kerlen nicht so leicht aus der Ruhe bringen. Dort wo sie herkam, war der Ton schon immer etwas rauer gewesen. Wer sich in der Siedlung jeden Diss zu Herzen nahm, war verloren. Das hatten sie früh gelernt. Hier wohnten Leute aus den unterschiedlichsten Regionen der Welt und man konnte ihre Sorgen auf den Straßen spüren. Dass die Miete zu hoch und das Geld knapp war. Da hatte nicht jeder die Nerven für ausgesuchte Höflichkeit. Aber obwohl Ella sonst hart im Nehmen war, war sie doch verstimmt. »Das ist kein Museum hier …«, ätzte sie mit Nachäffstimme, während sie mit Schwung die Treppe fegte. Der Dreck flog weiter als geplant und verteilte sich in der Halle und auf dem Geländer. Ella bemerkte es nicht.

»Tschüsseldorf – dass ich nicht lache!«

Wieder flog der Schmutz nur so. Es brauchte mehr als nur ein paar Besenstriche, bis ihr Groll verflogen war. Aber dann waren auch Haus und Garten endlich in ihren ursprünglichen Zustand versetzt. Zufrieden hievte sie mit ihrer Mutter den Müll vor die Tür. Die hielt müde lächelnd die Hand hoch. Ella klatschte ab, während sie gleichzeitig ihr Handy hervornestelte.

»Fuck, spät, FUCK, FUCK!!!! Mom, ich muss!«

»Du musst so was von. Ich halt dich schon viel zu lang von Physik ab!« Ihre Mom reichte ihr den Rucksack.

Ella zögerte: »Äh, genau …« Sollte sie vielleicht doch beichten, dass Lernen heute überhaupt nicht mehr auf dem Programm stand?

Ihre Mutter lächelte: »Kuss?«

Ella entschied sich, besser zu schweigen. Hastig hauchte sie ihrer Mom einen Schmatzer auf die Wange. Im nächsten Moment joggte sie auch schon die Auffahrt hinunter. Sie drückte den Schalter, der das Tor von innen öffnete oder zumindest öffnen sollte. Doch nichts geschah. Ella probierte es wieder und wieder. Genervt sah sie auf die Uhr. Als das Tor sich trotz aller hilflosen Versuche immer noch nicht rühren wollte, kletterte sie kurzerhand daran hoch. Schwungvoll hob sie ihr Bein auf die andere Seite – doch genau in diesem Moment öffnete sich das Gatter plötzlich wie von Geisterhand und brachte sie kurz aus dem Gleichgewicht. Fluchend sah sie sich um. Was war das denn? War hier etwa eine versteckte Kamera? In einem Fenster der Villa entdeckte sie alfaMK Breit grinsend steuerte er über eine App die Bewegungen des Tores.

»Ja. Sehr witzig. Als ob ich Zeit hätte für so einen Scheiß«, rief Ella, musste aber über die alberne Kindsköpfigkeit von Mr. Supercool auch ein bisschen lachen. »*Tschüsseldorf*. Passt schon«, dachte sie. Nachdem das Tor noch ein paarmal mit ihr obenauf hin und her schwang, beschloss sie, dem unwürdigen Schauspiel ein Ende zu bereiten. Sie sprang kurzerhand ab, zeigte alfaMK den Stinkefinger und eilte zu ihrem Fahrrad. Erschrocken stellte sie fest, dass sie es in der ganzen Hektik vorhin nicht einmal richtig abgeschlossen hatte. Zum Glück war es noch da. Ella atmete erleichtert auf – aber irgendwie auch ein bisschen empört. Ein abgewracktes Damenfahrrad ohne Gangschaltung wollte in dieser noblen Gegend offenbar niemand klauen. Kopfschüttelnd radelte sie los. Über abendleere Straßen zwischen den Bogenhausener Villen in Richtung Isar. Der Fahrtwind auf der Haut versetzte sie sofort in bessere Stimmung. Ella freute sich unendlich auf ihre Virginia-Woolfpack-Gang. Bandprobe! Musik machen! Das war ihr Leben.

Damit ließ sich alles andere aushalten! Einen Song schreiben, gemeinsames Proben, auf der Bühne stehen – für sie gab es nichts Vergleichbares auf der ganzen Welt. Morgen, mittags, abends, und vor allem während des Jobs – zwischen Calzone und Pizza Hawaii – konnte sie an nichts anderes denken. Leider waren Proben wegen der Schule schwierig gewesen. Doch zum Glück trafen sie sich seit letzter Woche wieder regelmäßig. Ella konnte es kaum mehr erwarten. Mit ungeahnter Energie trat sie in die Pedale und war im Nu auf dem Radweg am Isarufer.

Je mehr sie sich dem Zentrum näherte, desto öfter musste sie in den Maximiliansanlagen Fußgängern ausweichen, die ungerührt auf dem Radweg spazierten, schnaufenden Joggern – oder irren Radfahrern, die sich ohne Rücksicht auf Verluste klingend vorbeidrängten. Deshalb überquerte sie am Friedensengel die Isar und zog auf der Luitpoldbrücke an den Pendlern vorbei, die in ihren Autos genervt Stoßstange an Stoßstange stadtauswärts standen.

Am anderen Ufer bog sie auf den breiten Radweg ein und kam nun schneller voran, vorbei an der Praterinsel und am Deutschen Museum. Vom Flussufer zog der Duft nach Grillanzünder herauf und am Reichenbachkiosk stand eine lange Schlange. Unten am Isarstrand war wie immer die Hölle los. Familien mit

Kind und Kegel hatten ihre Picknickdecken ausgebreitet, in der Isar standen die Leute und ließen sich die Sonne auf den Bauch scheinen, Frisbees und Federbälle flogen auf den Wiesen hin und her.

Sie schlug den Weg Richtung Schlachthofviertel ein. Lächelnd dachte sie an die Anfangszeiten der Band. Damals hatten sie noch in Romys Keller geübt. Keine von ihnen hatte wirklich ein Instrument spielen können. Bis auf Romy. Ihre Eltern hatten ihr früh Schlagzeugunterricht organisiert. Es sollte wohl so eine Art Antiaggressionstherapie sein. Allerdings war die Maßnahme nicht sonderlich erfolgreich gewesen.

Damals waren sie auf jeden Fall noch völlig unbekümmert an die Sache herangegangen. Obwohl sie ehrlich gesagt furchtbar schlecht spielten, hatten sie sich an Coverversionen ihrer Lieblingslieder gewagt und von einem Popstarleben geträumt. Mit der Zeit waren sie besser geworden. Auch wussten sie bald, was sie wirklich wollten. Nämlich ihr eigenes Ding machen. Musik ganz unabhängig von Likes und Klicks. Vor allem Anaïs, Ellas beste Freundin, lehnte jede Art von Kommerz entschieden ab.

Nach und nach hatten sie sich mit ihrer Musik auch eine kleine Fangemeinde erspielt. Diese bestand zwar in erster Linie aus Mitschülern und Freundinnen, aber hey! So wie es war, war es perfekt! Allerdings hätte Ella nichts dagegen einzuwenden gehabt, wenn es noch ein klitzekleines bisschen perfekter wäre – oder anders perfekt. An einer vierspurigen Kreuzung sprang die Ampel auf Rot. Ein langer Lastwagen zog lärmend an ihr vorbei. Die qualmigen Dieselabgase brachten sie zum Husten.

Wieder einmal kam ihr der Gedanke, ob es nicht auch einen Mittelweg geben könnte zwischen total ehrlicher Indie-Musik und ein bisschen mehr Erfolg. Insgeheim hatte sie nämlich der Verdacht beschlichen, dass sie das Abi in den Sand setzen würde. Sie stand einfach mit zu vielen Fächern auf Kriegsfuß – und Physik war ihr absoluter Endgegner. Und überhaupt – wie sollte es danach weitergehen? Denn egal ob mit oder ohne Abitur: Am liebsten würde sie ohnehin nur noch Musik machen. Wie wäre es wohl, wenn Virginia Woolfpack ein kleines bisschen mehr sein wollte? Was könnte dann nicht alles geschehen? Doch leider zogen ihre Freundinnen da nicht richtig mit. Letzte Woche hatte Ella ihnen ganz vorsichtig die Teilnahme an einem Song Contest vorgeschlagen. Aber Anaïs hatte gleich abgewunken, noch bevor die anderen sich die Idee überhaupt genauer anhören konnten.

Endlich war sie am Ziel. Auf dem Gelände des Großmarkts hatte die Band ihren Hideout: ein mit

Paletten und Luftmatratzen ausgestatteter Spot auf dem Dach des ehemaligen Verwaltungsgebäudes, nicht weit von dem auf einer Eisenbahnbrücke gestrandeten Dampfer der Alten Utting. Es war ganz einfach, über eine Mauer und eine rostige Leiter nach oben zu klettern. Romy hatte den Zugang letztes Jahr bei einer ihrer halsbrecherischen »Ich beweis euch jetzt, wie tough ich bin«-Aktionen entdeckt. Das erste Mal Hochklettern fühlte sich total krass an. Aber jetzt war der Weg für Ella wie ein Weg nach Hause. Ohne abzubremsen, sauste sie mit ihrem Rad durch ein eingetretenes Tor auf das verlassene Gelände. Die letzten Meter raste sie über löchrigen Asphalt, durch Staub und Scherben.

4. Kapitel

Wartet ihr schon lang?« Keuchend erklomm Ella die Leiter zu ihren Freundinnen aufs Dach des alten Verwaltungsgebäudes. Die tief stehende Sonne zauberte ein magisches Glühen auf die Umrisse von Gleisanlagen und Strommasten und das Gelände des angesagten Bahnwärter Thiel auf der anderen Seite. Anaïs bemerkte, wie abgehetzt Ella aussah, und winkte sofort beruhigend ab: »Wir warten nicht, wir sind.«

Cahide nickte. »Deep.«

Ella drückte Anaïs zur Begrüßung einen Bestie-Kuss auf die Wange und ließ sich auf eine Luftmatratze fallen. Dann atmete sie erst mal durch, füllte ihre Lungen mit dem vertrauten Duft sonnenbeschienener Dachpappe, den sie so vermisst hatte. Als sie wieder ausatmete, klang es wie ein unendlich tiefer Stoßseufzer. Wie gut es doch tat, wieder hier zu sein! Sie fühlte sich augenblicklich mit neuer Energie aufgeladen. Als hätte sie heute nicht schon gefühlt drölftausend Pizzen belegt und 20 000 Quadratmeter Villenboden geputzt.

Romy und Cahide hatten es sich bereits gegenüber auf den selbst zusammengebauten Palettensofas gemütlich gemacht. Cahide strich sich mit dem Handrücken ihre langen dunkelbraunen Haare aus dem Gesicht, während sie vergeblich versuchte, ihre Freundin Romy mit einer Polaroidkamera zu fotografieren. Denn diese alberte herum, duckte sich immer wieder weg und zog Grimassen. Schließlich gab sich Romy aber doch geschlagen und posierte für ihre Freundin mit übertriebenem Kussmund. Die beiden waren nun schon seit zwei Jahren ein Paar. Während Cahide rehäugig und sanft wirkte, war Romy oft polternd und laut. Mit ihren weißblond gefärbten Haaren stach sie jedem ins Auge, zumal sie am liebsten extravagante Sneaker und High-Waist-Leggins zu einem bauchfreien Top trug. Sie sah aus, als könnte sie auch über die Fifth Avenue in New York flanieren.

Anaïs machte in ihren Dungarees hingegen den Eindruck, als wäre der Begriff »cool« speziell für sie gemacht. Auf der Nase trug sie eine runde Sonnenbrille mit orangenen Gläsern, ihre Braids reichten bis über die Hüfte. Sie saß mit hochgelegten Beinen auf einem Campingstuhl und las in einem Roman. »Was, wenn wir einfach die Welt retten« stand auf dem Cover, und an Anaïs' ernstem Gesichtsausdruck war zu erkennen, dass es mindestens von der Apokalypse handelte. Nachdenklich ließ sie das Buch sinken. »Also, wenn die Welt wirklich untergeht, dann will ich genau hier sein, wenn's passiert«, erklärte sie.

Cahide lachte hell auf und gab ihr aus vollem Herzen recht. Ihre sanften Augen strahlten. »Happy Place!«

»Die Welt geht nicht unter. Jetzt stresst euch mal nicht so.« Romy riss Anaïs genervt das Buch aus der Hand und überflog mit kritischem Blick die Rückseite. Die Schlagzeugerin hatte für Drama nichts übrig.

Erwartungsvoll sah Ella in die Runde: »Also wegen mir können wir sofort anfangen. Ich bin … volle Power!«

»Erst mal durchatmen«, stellte Cahide mitfühlend klar. Die Freundin meinte es gut. Cahide war immer um das Wohl ihrer Mitmenschen besorgt. Aber Ella wollte nicht durchatmen oder runterkommen, sondern loslegen. Sie befürchtete schon, dass sich dieses Arbeitstreffen genauso unproduktiv und verplaudert gestalten würde wie schon viele andere zuvor. Aber überraschenderweise schien Anaïs heute etwas vorbereitet zu haben. Sie setzte sich kerzengerade auf, als wollte sie Ella gleich einen Antrag machen, und sah sie mit durchdringendem Blick an. »Ich hab was. Das bringt dich gleich richtig gut drauf«, verkündete sie. Sie holte ihr Handy hervor und wischte darauf herum, bis sie gefunden hatte, was sie suchte. Sie hielt es Ella hin und zeigte mit dem Finger auf die Zeilen. »Das können wir im neuen Refrain singen.«

Es war schon eine Weile her, dass Anaïs, die Texterin und Sängerin der Band, neues Material anbrachte. Ungefähr so lange, wie sie keinen eigenen Übungsraum mehr hatten. Hatte sie sich vielleicht heute etwas einfallen lassen, weil sie ahnte, dass Ella wegen der Contest-Sache enttäuscht war?

Ella nahm das Handy und las. Währenddessen warteten die Freundinnen gespannt auf ihre Reaktion. Ellas Gesichtsausdruck wechselte von Neugier zu Begeisterung, dann zu Ergriffenheit.

»Wow ... das ist endschön«, stieß sie schließlich hervor.

Romy und Cahide sahen sich erleichtert an und lachten. Anaïs grinste stolz, während Ella ein Notizbuch hervorkramte. »Dieser Text, der passt doch«, murmelte sie elektrisiert, während sie in ihren Tabulaturnotizen blätterte. »... der passt doch super zu dem hier!« Sie hielt den Freundinnen das aufgeschlagene Notizbuch hin. Romy, Cahide und Anaïs studierten kurz die Akkorde. »Perfekt«, bestätigte Romy und zog ihre Drumsticks aus dem Rucksack. Anaïs reichte Ella ihre Ukulele und Cahide drückte an ihrem Handy auf Aufnahme.

Romy zählte ein. »… drei, vier!«

Statt auf ein Schlagzeug klopfte sie den Takt mit den Drumsticks gegen die Paletten. Anaïs begann mit ihrer schönen warmen Stimme zu singen, während Cahide und Ella in perfekter Übereinstimmung die Harmonien summten:

Guck mal über uns
Da oben, wie sie scheinen
Like diamonds in the sky
Diamonds in the sky
Guck, wie schön sie sind
Wie jeder nach ihnen greift
Doch sie leuchten allein
Sie leuchten allein

Und sie blenden
Bis sie verbrennen

Immer wenn das Licht angeht
Wer kann dich dann sehen
Lonely, lonely, lonely star!

Beim letzten Ton sahen sie einander lächelnd an.

Ella stoppte die Aufnahme. Hier war gerade etwas Magisches geschehen. Sie und ihre BFFs, die Musik, die Lyrics – sie harmonierten perfekt wie noch nie.

Der Song transportierte etwas ganz Schlichtes und Schönes – und machte vor allem richtig gute Laune! Eins stand fest: Das war ohne Frage das beste Lied, das sie bisher performt hatten. Ella sah stolz in die Runde. Hatte sie es nicht immer gewusst, dass sie Potenzial für mehr hatten?

Cahide war die Erste, die wieder etwas sagte: »Na, wenn wir Stars werden, dann sind wir auf jeden Fall nicht lonely!«

Stars werden. Die Worte schlugen bei Ella ein wie ein Blitz und alles kribbelte. Gab ihr Cahide etwa gerade ein Stichwort? Wenn jetzt nicht die Gelegenheit war, ihre Freundinnen in die richtige Richtung zu schubsen, wann dann?

Nur mühsam konnte sie sich auf ihrem Sitz halten. »Ähm … also«, begann sie. »Wisst ihr noch, der Song Contest? Ich bin dafür, wir melden uns mit dem Ding dort an.«

Romy riss sogleich die Arme in die Luft: »Fame!«

Ella lachte erleichtert. Die Schlagzeugerin kannte zum Glück kaum Bedenken, für sie ging eigentlich immer alles nur nach vorn. Aber Anaïs schüttelte missbilligend den Kopf. »In dem Text geht's doch gerade drum, dass Fame total vain ist. Das checkt ihr schon, oder? Geld und Erfolg machen einen bloß zum Arsch!«

Ella konnte nicht glauben, dass ihre Freundin immer noch mit diesem Argument ankam. Es gab schließlich genug Beispiele dafür, dass es gar nicht immer so laufen musste. »Was ist denn mit Banksy?«, erwiderte sie.

Selbst Cahide schien von der Euphorie über den gelungenen Song mitgerissen, sodass auch sie widersprach: »Und mit Childish Gambino?«

»Oder Kae Tempest?«, fügte Romy spitz hinzu.

Anaïs schnaufte empört. »Okay, okay! Got it.«

Tatsächlich waren das perfekte Gegenargumente. Keiner der Künstler hatte sich je vom Erfolg korrumpieren lassen.

Eins zu null für Ella.

Entsprechend hoffnungsvoll sah sie in die Runde. »Das heißt … wir melden uns an?«

Alle Blicke richteten sich nun auf Anaïs. »Und was ist mit Abi?«

»Kriegen wir das hin?«, fragte Cahide.

»Abi und Bandsieg?« Ella sah Anaïs Zustimmung heischend an.

Es war nicht unbedingt so, dass die Band eine Anführerin hatte. Aber klar war auch: Anaïs' Stimme hatte besonderes Gewicht. Sie war irgendwie die Checkerin. Das lag nicht nur daran, dass sie Dutzende Bücher gelesen hatte. Sie war nicht nur book-smart, sondern alles-und-überhaupt-smart. Auf geheimnisvolle Art und Weise hatte sie eine gewisse Ahnung, wie die Welt tickte. Ihr Urteil fiel allerdings häufig sehr schroff aus. Jetzt zuckte sie nur unentschieden mit den Schultern. Romy wertete das als Zustimmung. »Okay. Sandwich! Alle für Ella?!«, rief sie.

Anaïs ahnte, was nun kam und hob abwehrend die Arme. Doch da waren schon alle auf sie gesprungen und begruben sie lachend unter sich. Halb verzweifelt, halb amüsiert versuchte sie, sich zu befreien. »Okay. Okay. Okay. Aber dass mir nachher keiner rumheult, wenn sie uns nicht nehmen!«

Romy schlug ein Wolfsgeheul an: »Ahuahuuuuuuuu!«

Ella und Cahide sahen sich an. Okay, das war neu. Na gut, warum nicht? Lachend stimmten sie mit ein. »Ahuahuuuuuuuahuuuuuu!«

Anaïs zögerte einen Augenblick, aber dann wollte sie offenbar keine Spielverderberin sein und heulte schief lächelnd mit.

5. Kapitel

Es war weit nach Mitternacht, als die Mädchen gut gelaunt nach Hause radelten. Nichts ging über ihre besten Freundinnen, dachte Ella. Zusammen konnten sie alles schaffen. Während sie sich gegenseitig überholten, sangen sie immer wieder die neue Hook: »Lonely, lonely, lonely, lonely sta-a-aar!« und wieder »Sta-a-aar!« Es klang wie die perfekte Hymne für das Pack, die Auftaktakkorde eines Neustarts.

In Neuperlach teilten sich schließlich ihre Wege. Ella winkte zum Abschied und steuerte direkt auf ihren Block zu, vor dem eine funzelige Laterne der nächtlichen Dunkelheit nur wenig entgegensetzte. Sie stellte ihr Rad ab und kontrollierte das Schloss. Diesmal saß es richtig. Müde sah sie an den neun Stockwerken hinauf. Nur wenige Fenster leuchteten noch fernsehblau. Die meisten Bewohner schliefen bereits. Sie ging ins Haus und stieg in den neonbeleuchteten Aufzug, der über und über mit Tags und Kritzeleien verziert war und beim Stopp in jedem Stockwerk unangenehm auf und ab wippte. Noch vor der Wohnungstür zog sie ihre Schuhe aus. Sie wollte auf keinen Fall jemanden wecken. Vorsichtig schob sie sich an der vollgepackten Kommode mit Fredi Kackfrosch vorbei. Abschminken, Zähneputzen und sie war bettfertig. Auf Zehenspitzen schlich sie in ihr Zimmer, das sie sich mit ihrem jüngeren Bruder teilte. Ella hatte schon tausend Mal über diese unmögliche Wohnsituation geflucht. Aber gleichzeitig war sie überglücklich, ihren Bruder überhaupt noch bei sich zu haben: Vor einigen Jahren hatten die Ärzte einen Tumor bei ihm entdeckt. Das aggressive Geschwür saß an der Wirbelsäule und war nur schwer zu entfernen. Erst ein Spezialist wagte den komplizierten Eingriff. Allerdings waren bei der Operation auch ein paar Nerven in Mitleidenschaft gezogen worden. Tim konnte fortan seine Beine nicht mehr gut koordinieren und kaum drei Schritte alleine gehen, für mehr brauchte er einen Rollstuhl.

Hinter dem Vorhang, der das Zimmer teilte, hörte Ella ihn leise schnarchen. Sie musste an ein knuddeliges Capybara mit verstopfter Nase denken. Manchmal rüsselte Tim aber auch wie ein altes Walross. Bei aller Liebe ging er ihr dann gehörig auf die Nerven. Genauso, wenn er sich in der Schule hemmungslos an sie ranflanschte. In letzter Zeit hing er nun auch noch ständig in der Nähe des Woolfpacks herum! Bei aller geschwisterlichen Liebe: Ein bisschen eigenes Leben wollte Ella dann doch haben, was sie ihm schon mehrmals deutlich gesagt hatte. Leider schien er dafür wenig empfänglich.

Deshalb hatte sie eigentlich auch vorgehabt, am nächsten Tag wieder einmal ein ernstes Wörtchen mit ihm zu reden. Doch als dann ihr Wecker klingelte und sie sich aus den Kissen schälte, waren Tim und ihre Mom längst ausgeflogen.

Ella musste erst zur dritten Stunde. Dennoch verließ sie das Haus zeitiger, denn sie war mit ihren Freundinnen am Schwarzen Brett verabredet. Hier hing das Plakat zum Wettbewerb. »DEIN SONG ON STAGE – DER ENERGY SONG CONTEST«, stand darauf.

Den Augenblick der Anmeldung wollten sie unbedingt fotografisch festhalten. Also las Cahide extra für die Kamera den QR-Code ein, während Ella und Romy sie dabei von allen Seiten knipsten. Vielleicht wurde diese Anmeldung ja mal ein historischer Moment? Was wusste man schon?

Ella konnte ihre Begeisterung kaum verbergen und gar nicht mehr aufhören zu grinsen. Anaïs blieb hingegen maximal unbeeindruckt. Sie stand an der Wand gelehnt und schob sich lässig wie immer einen Kaugummi in den Mund. Cahide hatte aufgehört, zu posieren, und tippte nun auf ihrem Handy herum. »Lädt gleich hoch. Lädt hoch«, erstattete sie über den Stand der Dinge Bericht.

In diesem Moment näherte sich auch schon Tim in seinem Rollstuhl. Er trug schwarze Jeans und ein ausgewaschenes Band-T-Shirt, die Haare hatte er sich selbst blondiert. Auf seinem Schoß lag ein Camcorder. »Ohne Scheiß? Ihr macht's?! Virginia Woolfpack gehen steil?«, fragte er grinsend.

Ella schnaufte. »Okay. Bruderherz. Wie sind die Schulregeln?«

Doch Tim ignorierte sie und wandte sich stattdessen verlegen lächelnd an Anaïs. »Hi, Anaïs.«

Die ließ nur ihren Kaugummi platzen. »Hi, Grufti.«

»Hallo? Tim?« Ella konnte nicht fassen, dass ihr Bruder sie wie Luft behandelte. Doch niemand schien sich für ihre Empörung zu interessieren.

»Lädt immer noch hoch«, meldete Cahide. Romy lugte ihr über die Schulter und verfolgte das zähe Wachstum des Fortschrittsbalkens. Sie war wieder kurz vorm Ausrasten: »Wieso geben die uns kein WLAN in dieser verfickten Schule?«

»Mindestens vier Meter Sicherheitsabstand!«,

wandte sich Ella noch einmal an ihren Bruder. Tim tat so, als hätte er sie nicht gehört. Er hob seinen Camcorder hoch und drückte auf Aufnahme. Sofort schwenkte er zu Anaïs, die ihm die Hand vors Objektiv hielt.

»Wenn ihr bei dem Contest mitmacht, dann braucht das Pack richtig cooles Footage, oder nicht?«

Cahide kreischte auf: »Der Song ist online!«

»Krass«, erwiderte Romy und nahm ihre Freundin liebevoll in den Arm, als verdanke man das Hochladen allein Cahides technischem Können. Anaïs verdrehte die Augen. »Ja. Krass. Fast so krass, wie sich auf die Schienen von ’nem Atomtransport zu ketten«, kommentierte sie ironisch.

Ella tat so, als hätte sie Anaïs nicht gehört. »Jetzt müssen sie uns erst noch nehmen«, bemühte sie sich um Sachlichkeit.

»Die nehmen Euch auf jeden Fall!«, rief Tim und wandte sich wie ein Fußballtrainer an die ganze Gruppe: »Wölfe, seid ihr hungrig?«

Konnte Tim jetzt endlich verschwinden? Die Mädchen sahen zuerst ihn, dann sich gegenseitig an. Aber keine stieg auf sein Anfeuern ein.

»Guter Schlachtruf«, kommentierte Romy schließlich grinsend. In diesem Moment klingelte es auch schon zum Unterrichtsbeginn.

»Wir müssen los!«, rief Ella und zog die Freundinnen mit sich. Das Pack setzte sich Richtung Physiksaal in Bewegung.

»Ciao, Anaïs!«, rief Tim. Doch darauf bekam er keine Antwort mehr.

6. Kapitel

Ella betrat ausnahmsweise als Erste den Physiksaal. Trotzdem hatte Anaïs längst Heft und Stift bereit, während Ella neben ihr noch in ihrer Tasche kramte. Eine lange Doppelstunde lag vor ihnen und sie hatte so gar keine Lust darauf.

Anaïs und Cahide hatten in Physik kaum Probleme. Sie waren zwar keine Einserschülerinnen, standen aber auch nie auf der Kippe. Und Romy – die war sowieso die Überfliegerin schlechthin. Würde man nicht denken, wenn man sie so sah. Sie gehörte tatsächlich zu den wenigen Menschen, die eine Buchseite nur lesen mussten, um alle Fakten für immer im Kopf zu behalten. Das hatte jedoch zur Folge, dass sie sich schnell langweilte und sich dann vor Unruhe nur schwer auf dem Stuhl halten konnte. Wenn sie keine Lust hatte, schrieb sie auch mal schlechte Noten, aber wenn sie wollte, brachte Romy Topleistung.

Ella hätte alles dafür gegeben, auch nur ein Zehntel von Romys Fähigkeiten zu haben. Physik war für sie einfach nur Qual. Irgendwann in der Elften hatte sie im Unterricht mal einen Moment lang nicht richtig aufgepasst und – zack – konsequent den Faden verloren. Fotoelektrische Effekte, Unschärfedingsrelationen, Wahrscheinlichkeitsamplituden, Realitätsanomalien – was war das alles noch mal?

Ihre Gedanken waren längst wieder beim Song Contest. Was wäre, wenn sie wirklich in die engere Wahl kämen? Und was, wenn nicht? Am Freitag würden sie Bescheid wissen. Die Stimme der Lehrerin wurde irgendwie jede Sekunde undeutlicher und leiser.

Doch bevor Ella sie ganz ausblenden konnte, traf sie unvermittelt etwas am Hinterkopf. Es war eine Papierkugel. Sie sah sich um. Cahide, die hinter ihr saß, fuhr sich mit dem Zeigefinger über die Brust, als würde dort ein Schriftzug stehen. Jetzt erst checkte Ella, dass die Nachricht für sie bestimmt war. Vorsichtig faltete sie das Papier auseinander. Cahide hatte ein Virginia-Woolfpack-Logo gezeichnet.

Ella lächelte breit. Das Logo war perfekt, es hätte direkt gedruckt werden können. Ein Schmetterling hinter einer riesigen bunten Blume schwebte über dem Virginia-Woolfpack-Schriftzug auf gelbem

Grund. Irgendwie hatte Cahide es geschafft, das Ganze mithilfe von ein paar Augen gleichzeitig als einen graugrünen Wolfskopf mit Blüte auf der Stirn erscheinen zu lassen. Genial!

Aber Ella hatte auch nichts anderes von Cahide erwartet. Ihre Freundin konnte schon immer extrem gut zeichnen. Irgendwie hatte sie den perfekten Blick für Farben und Formen. Wie schade, dass Cahide sich nicht an der Kunsthochschule bewerben wollte! Stattdessen hatte sie sich auf ein Psychologiestudium festgelegt. Sie wollte die Welt damit ein bisschen besser machen.

Am wichtigsten war aber, dass Cahide von der Contest-Idee offensichtlich richtig angefixt war. Wenn sich jetzt auch noch Anaïs einen Ruck geben und aus vollem Herzen mitziehen würde, dann konnte sie nichts in der Welt mehr aufhalten. Davon war Ella fest überzeugt.

Den Rest des Schultages konnte sie natürlich an nichts anderes mehr denken, auch auf dem Nachhauseweg, den sie mit Cahide und Anaïs teilte. Zur Siedlung ging es an einer viel befahrenen Straße entlang und dann durch einen kleinen, lieblosen Park, der überwiegend asphaltiert war. Von den Jugendlichen aus dem Viertel wurde er deshalb als Skate-Plaza genutzt. Jeden Augenblick konnte es hier zu gefährlichen Zusammenstößen kommen, wenn man nicht aufpasste.

Eigentlich wollte Ella vor den Freundinnen nicht schon wieder mit dem Contest anfangen. Aber sie konnte einfach nicht anders. »Wie wär's, wenn ich gleich heute Nachmittag zum Copyshop gehe und Aufkleber mit dem Logo machen lasse?«, schlug sie vor, als sie den Park verlassen hatten und vor Cahides Haustür angekommen waren. »Von wegen Werbung und so.«

Aber Anaïs mahnte überraschend streng: »Du wolltest doch Physik machen.«

Was war das denn? Ella blieb stirnrunzelnd stehen. Warum hörte sich Anaïs gerade wie ihre Mutter an?

Doch auch Cahide stieß ins selbe Horn. »Hast du überhaupt mitgeschrieben heute?«, wollte sie wissen.

Ella lachte unsicher. »Seid ihr jetzt etwa schon die Mitschreibpolizei?«

Anaïs ließ nicht locker. »Hast du? Oder hast du nicht?«

»Schon die letzten Wochen nicht«, gestand Ella schließlich, begehrte aber in der nächsten Sekunde wieder auf: »Kommt schon, ist doch eh komplett sinnlos! Ich pack das einfach nicht!«

»Wenn du willst, dann bring ich dir meine Aufzeichnungen runter«, schlug Cahide versöhnlich vor.

Ella sah unglücklich in die Runde. Was wurde jetzt mit den Aufklebern? Anaïs schien ihre Gedanken zu erraten.

»Um den Copyshop kümmere ich mich.«

»Okay«, willigte Ella ein und setzte sich kleinlaut auf einen Pflanzenkübel aus Waschbeton. Ums Physiklernen kam sie also nicht mehr herum.

Während Anaïs nach einem preiswerten Copyshop googelte, ging Cahide die versprochenen Unterlagen holen. Ellas Blick folgte ihr bis zur Tür und wanderte an der Fassade die acht Stockwerke hinauf zu dem Mobilfunkmasten, der die gesamte Siedlung überragte. Hier hatte sie schon unzählige Male gesessen, zum Dach geguckt und auf Cahide gewartet. Manchmal war sie auch hoch zur Wohnung gefahren. Der Aufzug war vollgekritzelt, wie der in ihrem eigenen Haus und er wippte bei jedem Halt genauso ungut auf und ab. Sogar der Hausflur sah aus und roch sogar wie bei Ella. Alles war gleich. Doch bis heute wusste sie nicht, wie es hinter der Wohnungstür aussah. Denn diese blieb für Besucher stets verschlossen. Weder Ella, Anaïs oder irgendjemand sonst, den sie kannte, war je hereingebeten worden.

Ella hatte dafür lange keine Erklärung gehabt, denn die ganze Familie war einfach unglaublich nett. Sie lernte sie über die Jahre sprichwörtlich zwischen

Tür und Angel immer besser kennen: Da war der Vater, ein kleiner freundlicher Mann, der als Vollzeit arbeitender Ingenieur erst am späten Nachmittag zu Hause war, Cahides jüngere Zwillingsschwestern und der ältere Bruder Karim mit dem geheimnisvollen Blick eines jungen Timothée Chalamet. Er war eine Weile Ellas Crush gewesen.

Erst vor drei Jahren hatte Ella dann erfahren, warum sie nie hereingebeten wurde. Damals hatten die Wölfe einen Auftritt beim Sommerfest der Schule, es war ihr bis dahin größter Gig. Eltern und Freunde erschienen geschlossen, um die Mädchen zu supporten. Zur Überraschung aller tauchte, begleitet von Karim, den Zwillingen und Cahides Vater, auch eine Frau auf, die keine des restlichen Packs je gesehen hatte. Es war Cahides Mutter, eine schöne Frau mit schmalem Gesicht und einer charaktervollen Nase. Ella hatte nicht von ihr gewusst und war völlig aus dem Häuschen, sie kennenzulernen. Doch als sie ihr die Hand gab, spürte sie sofort, dass etwas nicht in Ordnung war. Cahides Mutter wirkte ungewöhnlich zerbrechlich, ihre Bewegungen waren müde und schlaff, als würden sie ihr viel Kraft abverlangen. Zur Begrüßung nickte sie mit unsicherem Lächeln. Dann senkte sie rasch den Blick und ließ sich von Karim zu einer Sitzbank führen, von der sie die Bühne sehen konnte. Die Hände hielt sie verkrampft im Schoß. Es war offensichtlich, dass sie sich nicht wirklich wohl dabei fühlte. Trotzdem blieb sie die Dauer des Konzerts. Sie war gekommen, um ihre Tochter auf der Bühne zu sehen.

An diesem Nachmittag sprach Cahide zum ersten Mal über die Krankheit ihrer Mutter. »Es geht ihr oft nicht gut«, sagte sie. »Sie verträgt keinen Lärm und braucht viel Ruhe. Häufig weint sie. Es ist mal so, mal so. Aber häufig so.«

Während Ella ihren Blick über die Siedlung schweifen ließ, fragte sie sich, hinter wie vielen Fenstern wohl Menschen ähnlich unsicher und traurig waren. Anaïs hatte mittlerweile einen günstigen Copyshop gefunden und las nun in ihrem Buch, das sie immer dabeihatte. Ella stand auf und ging hin und her.

Endlich kam Cahide mit den Unterlagen. Die Mitschriften waren, wie zu erwarten, geradezu absurd übersichtlich. Wichtige Stellen leuchteten bunt, akkurat mit Textmarker gekennzeichnet. Kein Vergleich mit Ellas chaotischen Notizen, bestehend aus unleserlichen Stichworten, wilden Unterstreichungen und ins Nichts führenden Pfeilen. Gemeinsam setzten sie ihren Weg fort. Doch bevor sich zwei Blocks weiter auch ihr Heimweg trennte, bekam Anaïs eine Nachricht. Sie war von Tim. Er hatte bereits das Footage von der Anmeldung auf TikTok gepostet, mit einem Link zum Energy Song Contest: »The Wolfs are coming.«

Das Video war grell, witzig und kurz – und zeigte überraschend häufig Anaïs' Gesicht. Anaïs stutzte, lachte dann aber auf. »Hm, glaubst du, dein Bruder benutzt mich als Wichsvorlage?«

Ella riss abwehrend die Arme nach vorn. »Stopp, stopp, stopp!!!! Das ist mein Bruder, okay? Sag so was nie wieder! Er kann ja stehen, auf wen er will, aber so genau will ich es mir nicht vorstellen!«

Ihre Freundin lachte. »Alles gut, ich mein ja nur!«

Ella rollte die Augen zum Himmel. »Schnell! Erzähl von was anderem, was von Einhörnern und Gänseblümchen. Alpakas gehen auch. Irgendwas!«

»Kegelrobben kneten und Pandas betutteln«, schlug Anaïs vor.

»Okay! Uff!« Ella lächelte schon wieder und zeigte mit ihrem kleinen Finger auf Anaïs: das Angebot für ihre Friedensgeste. Anaïs ging erleichtert darauf ein und zeigte nun wiederum auf Ella. Dann verhakten sie ihre Finger und beteuerten lachend: »Ich liebe nur dich, Brudi!«

»Und die Band!«, fügte Ella noch schnell hinzu.

Lächelnd strich Anaïs Ella eine Haarsträhne aus dem Gesicht.

»Sollen wir dann vielleicht am Freitag ein bisschen Physik machen?«

Ella schüttelte den Kopf: »Freitag ist Pizzaturm.«

Auch Anaïs arbeitete dort, seltener als Ella, aber diesen Freitag stand sie mit auf dem Schichtplan.

»Wir müssen echt aufhören, uns für diese Kapitalisten zu versklaven, Ell. Das tut uns nicht gut!«

»Aber wir haben einen Gig!«, widersprach Ella.

Die Freundin sah sie überrascht an. Offenbar hatte sie den Termin vergessen. Aber dann erinnerte sie sich. »Ach, *der Gig*!«, sagte sie und setzte dabei jedes Wort in Luftanführungszeichen. Ella legte den Kopf schief und grinste: »Gibt fünfzig Euro für die Glastonbury-Kasse!«

7. Kapitel

Im Gegensatz zu Cahide, Romy und Ella war Anaïs in einer hochmusikalischen Familie aufgewachsen. Denn ihre Eltern, die aus Kuba nach Deutschland gekommen waren, unterrichteten Salsa und Merengue. Sie hatten in ihrem Studio mittlerweile wohl Tausenden steifhüftigen Münchnern das Tanzen beigebracht. Selbstverständlich bewegten sich auch Anaïs und ihre zwei älteren Brüder auf der Tanzfläche wie Pros, sie hatten die Rhythmen von Kindesbeinen an inhaliert. Ella liebte es, Anaïs tanzen zu sehen! Sie liebte überhaupt die Stimmung und Musik! Bei zahlreichen Familienfeiern der Pinos war sie Zeugin geworden, wie sich das Wohnzimmer mit der einfallenden Verwandtschaft in eine wilde Partyzone verwandelt hatte. Irgendjemand schaltete die Musik an, Tische und Stühle wurden zur Seite gerückt und das Zimmer mit überbordender Lebensfreude geflutet.

Besonders Anaïs' Vater beeindruckte alle mit seinen Tanzkünsten. Wie war es nur möglich, sich so perfekt zu bewegen? Ella wunderte sich immer wieder, wie der eigentlich durchschnittliche Familienvater nach wenigen Takten zu einem regelrechten Tanzgott wurde, von der anwesenden Damenwelt umschwärmt. Aber egal ob Anfänger oder Meister – auf den Familienfesten tanzten alle mit größter Leidenschaft. Sogar die achtzigjährigen Großonkel und -tanten schwangen ihre Hüften.

Anaïs' Zukunft schien also klar: Eines Tages würde sie als Tanzlehrerin im Studio ihrer Eltern einsteigen.

Aber vor einigen Jahren, Ella erinnerte sich gut, es war das Ende der Sommerferien, hatte ihre Freundin plötzlich keine Lust mehr aufs Tanzen gehabt. Damals hatte sie etwas über ihren Vater erfahren, was sie ihm nicht verzeihen konnte. Also kam es für sie nicht mehr infrage, seinem Plan zu folgen. Musik liebte Anaïs immer noch, aber sie musste ehrlich sein und durfte nicht dem Kommerz dienen.

Das einzige Zugeständnis war für sie der Job im Pizzaturm. Dort knipste Anaïs am Freitag ausnahmsweise ein paar Prozent ihrer Salsa-Gute-Laune an, obwohl es nicht ihre eigene Musik war.

Der Imbiss war eine hässliche Bude aus den Achtzigern mitten in der Stadt, die mit ihren zwei Stockwerken den Namen Turm nicht verdiente. Dekoriert war er wie ein auf Wish bestellter Diner. Die Freundinnen standen im Pizzakostüm mit Karobluse – im Grunde als Tischdecke verkleidet mit einer Pizza als Hut – vor den Gästen und sangen:

Lecker Pizza jeden Tag
Reich belegt, wie ich es mag
Prinzessin Parma und der Cheesy Prinz
Backen die Pizza, bis sie stimmt
Ofenfrisch auf den Tisch
Für dich, liebes Geburtstagskind

Um sie herum herrschte unglaubliches Gewusel. Kinder hopsten kreuz und quer. Es wurde geschrien und getanzt. Die im Hintergrund wartende Mütterschar wippte im Takt.

Aber die Mädchen gaben sich wirklich große Mühe, das Beste aus dem Song zu machen. Die ganze Sache diente schließlich einem wichtigen Zweck: Einmal nach England in das kleine Örtchen Glastonbury zum legendärsten Festival Europas reisen. Einmal vier Tage lang im Zelt, bei Sonne, bei Regen, bei Matsch und Wolkenbruch von morgens bis abends den coolsten Bands der Welt zuhören, rumtanzen, mitsingen. Dazu Filterkaffee, Dosenravioli und Fertigsuppe. Das war jede noch so absurde Geldbeschaffungsmaßnahme wert.

Eigentlich hatten Romys Eltern vorgehabt, den Mädchen die Festivalkarten zum Abi zu spendieren. Als Einzige unter den Bandmitgliedern hatte die Schlagzeugerin eine wohlhabende Familie im Rücken. Leider hatte Romy dann Zoff mit ihren Eltern … und Ella und Anaïs mussten sich weiterhin regelmäßig als Kinderbespaßerinnen verdingen, um ihren Traum zu finanzieren.

Auch wenn sie gerade heute am liebsten den ganzen Tag aufs Handy gestarrt hätten, um sofort zu erfahren, ob sie beim Contest dabei sein würden.

Aber dafür war keine Sekunde Zeit. Schließlich war ihr Auftritt nach der kleinen Gesangseinlage noch nicht beendet. Dafür sorgte ihr dauermissmutiger Chef Hans-Herbert, dessen Mundwinkel genauso nach unten hingen wie sein fettiger Pferdeschwanz. Ella fragte sich oft, welche Laus ihm wohl über die Leber gelaufen sein mochte. Kaltherzig behandelte er seine Angestellten wie Leibeigene. Kaum hatte Ella ihre Ukulele verstaut, forderte er von ihr, mit den Kindern eine Polonaise zu starten. Im nächsten Moment sollte sie eine Schramme verarzten und eine Rotznase abtupfen. Und das alles, während noch drei andere Kinder an ihrem Pizzakostüm hingen.

»Es ist halt ein steiniger Weg zum Ruhm«, gab er Ella und Anaïs obendrein ungebetene Lebenstipps. Ella vermutete, dass auch er einmal ganz andere Pläne gehabt haben musste. Aber dann war er doch nur ein alter frustrierter Pizzaturmfilialleiter geworden, der anderen ständig alles miesmachen musste.

Während sie noch mit den Kiddies an Armen und Kostüm zur Musik von einem Bein aufs andre stelzte, erkannte Ella plötzlich Romy und Cahide, die ihre Gesichter von draußen gegen die Scheibe drückten. Romy hüpfte in heißen Zebrashorts auf und ab und deutete auf Cahide, die wild mit dem Handy wedelte. Ella wurde es plötzlich heiß und kalt.

Warum waren die beiden jetzt schon da? War etwa bereits bekannt gegeben worden, wer beim Contest mitmachen durfte?

»Wer hat Bock auf Eis?«, rief sie hastig und lenkte die Aufmerksamkeit der Kinder Richtung Tresen. Sogleich wuselte der Mini-Mob zur dortigen Kühltruhe. Ella zog ihr Handy unter dem Pizza-Kostüm hervor und aktualisierte die Seite des Song Contests: »Fuck!«

Eine Mutter starrte sie böse an. Ella erinnerte sich, wo sie war, und versuchte, sich zu korrigieren: »Oh, Scheiße, ich mein geil, ich mein: Sorry!«

Sie waren dabei! Auf der Webseite des Veranstalters stand es schwarz auf weiß. Virginia Woolfpack bekam seine Chance. Jetzt galt es! Alles oder nichts. Ella stürzte sich auf Anaïs und packte sie an den Schultern. »Wir sind dabei. Wir sind dabei! Beim Song Contest! Virginia Woolfpack auf der fucking großen Bühne, Mann!«

Breit grinsend ergriff sie Anaïs' Hand und rannte mit ihr nach draußen. Sie hatte das Gefühl, am Beginn einer Quest zu stehen. Und sie war die Anführerin! Romy und Cahide fielen ihnen jaulend in die Arme. Sie bekamen ihren Auftritt – und alle waren dabei! Sogar Anaïs lachte!

»Wölfe, seid ihr hungrig?«, rief Romy.

Die Antwort war eindeutig: »Jaaaaa!«

Da kam Hans-Herbert mit wehendem Hemd durch die Tür zu ihnen nach draußen geschossen. Er war kurz vorm Explodieren. »Hallo? Ihr werdet nicht fürs Gruppenkuscheln bezahlt!«, beschwerte er sich.

Aber die Mädchen ignorierten ihn einfach.

»Ich hab gesagt: Wölfe, seid ihr hungrig?«, rief Romy erneut.

Cahide, Ella und Anaïs antwortete mit einem lauten Wolfsgeheul, in das die ganze Kinderschar im Pizzaturm einstimmte.

Ella wandte sich an Anaïs: »Siehste: Irgendwann verdienen wir Geld mit unserer Musik. Mit unserer EIGENEN Musik.«

Anaïs lächelte. Aber Ella sah, wie sie im nächsten Moment schon wieder nachdenklich wurde. Der Blick der Freundin war auf die hinter der Scheibe noch immer ausrastenden Kinder gerichtet. Ellas Chef stemmte die Hände in die Hüften und versuchte, sich noch einmal Gehör zu verschaffen: »Planet Realität an Teenies: Bitte kommen!«

8. Kapitel

Am liebsten hätte Ella einfach weitergefeiert und mit großer Geste ihren Job gekündigt »Ach, Hans-Herbert? Back doch deine Pizza alleine! BÄM!«

Aber sie wusste, dass Anaïs so viel Unvernunft niemals zugelassen hätte. Also kehrte sie, nachdem Romy und Cahide weitergezogen waren, brav zurück in den Pizzaturm. Eine Stunde lang mussten sie wohl oder übel noch die Tanzbären geben, bis sich der Kindergeburtstag vollständig verkrümelt hatte. Aber auch danach war für Anaïs und Ella die Schicht noch nicht zu Ende. Denn nun wechselten sie in die Küche zum Pizzabacken. Als Ella nach einer der Küchenschürzen griff, nahm Anaïs sie ihr jedoch resolut aus der Hand.

»Nicht der beste Ort, aber es ist Zeit für Physik«, erklärte sie und bugsierte Ella zu dem kleinen Tisch in der Ecke.

»Warum?«, jaulte Ella. »Ich bin viel zu aufgekratzt!«

Aber Anaïs ließ sich auf keine Diskussionen ein. »Ich back dafür die Pizzen im doppelten Tempo!«

Ella versuchte noch einmal aufzubegehren, gab sich dann aber geschlagen. Sie nahm ihr Buch aus der Tasche und las die erste Seite. Aber ihre Gedanken schweiften augenblicklich ab. Wie viele Alphateilchen benötigte man, um einen Contest mit der Größe x in der nächsten Woche zu gewinnen?

Ella träumte versonnen vor sich hin, bis Anaïs sie mit einem »Und wie läuft es?« aus ihren Gedanken riss. Ihre Freundin schob eine Pizza in den Ofen und trat an Ellas Tisch. Sie zeigte auf das Aufgabenblatt. »Schau doch mal, man kann die mittlere Reichweite von diesen Alphateilchen einfach in der Tabelle nachschauen.« Und damit machte sie sich wieder ans Pizzabacken.

Ella seufzte. Sie fand es so unfassbar lieb, wie sich alle darum sorgten, dass sie das Abi schaffte. Es war sogar so lieb, dass es fast ein bisschen wehtat. Aber nun war die Zeit für offene Worte, ehrlich krassen Real Talk, um das Thema ein für alle Mal zu beenden. Sie richtete sich auf und sah Anaïs fest in die Augen: »Ich schaff das Abi auf keinen Fall!«

»Klar schaffst du das«, versuchte die sie zu ermutigen. »Du musst einfach nur … Z mal r Quadrat nehmen?«

Ella zuckte hilflos mit den Schultern. Sie legte das Buch weg. »Glaubst du, wir könnten's schaffen, also als Band?«

»Ell! Du weißt, ich hab 'ne Selbstmitleid-Allergie.«

»Ich bin zu dumm zum Rechnen«, beharrte Ella. »Wenn's mit der Musik nix wird, dann fang ich hier Vollzeit an. Der Hans-Herbert sagt, ich kann nächste Schicht auf Kasse upgraden.«

Anaïs stöhnte auf. »Kasse ist auch Rechnen«, erwiderte sie dann scharf.

Ella sah erschrocken auf. Hielt ihre beste Freundin sie etwa tatsächlich für zu dumm, um eine Kasse zu bedienen?

Anaïs erkannte, dass sie Quatsch geredet hatte. »Sorry ... das war doch nicht so gemeint ...«, entschuldigte sie sich. Aber Ella ließ nur traurig die Schultern hängen. Sie war selbst überrascht, wie tief sie sich getroffen fühlte.

Anaïs schüttelte beschämt den Kopf. Dann atmete sie tief durch. Offenbar hatte sie eine Entscheidung gefällt. Sie ging zu dem kleinen Tischchen und drückte ihre Freundin fest an sich.

»Du willst doch diesen Kack-Song-Contest gewinnen, oder?«

Ella nickte gequält.

»Also«, fuhr Anaïs fort. »Ich geh auf keine Bühne mit dir, wenn du noch einmal sagst, dass meine beste Freundin dumm ist. Die ist nämlich klug. Und tough. Ey, weißt du noch, was wir uns in der fünften Klasse geschworen haben?«

Wie hätte sie das vergessen können, natürlich erinnerte sich Ella daran! Das war damals einer der größten Schockmomente ihres Grundschullebens gewesen, als sie erfuhr, dass nicht nur sie selbst, sondern auch Anaïs keine Empfehlung fürs Gymnasium bekommen hatte. Dabei war ihre Freundin schon damals blitzgescheit und wissbegierig. Aber so ist das Schulsystem eben: Den Kids aus der Hochhaussiedlung wird das Abi weniger zugetraut als den Schülern aus den Reihenhäusern mit Vorgarten. Dabei waren Anaïs' Eltern und auch Ellas Mutter Heike nur deswegen nie beim Elternsprechtag, weil sie sich abrackerten, um ihren Töchtern so viel zu ermöglichen, wie sie nur konnten.

Ella hatte Anaïs bisher nur zweimal weinen sehen. Das erste Mal, als sie sich den Arm gebrochen hatte. Das zweite Mal, als ihrer beider Versetzung ins Gymnasium am seidenen Faden hing. Ella war sofort mit zu ihr nach Hause gegangen, um zu protestieren. Mit vereinten Kräften konnten Anaïs und Ella die Pinos überzeugen, Anaïs auch ohne die Empfehlung aufs

Gymnasium zu schicken. Damals hatten die beiden einander einen Schwur geleistet.

Anaïs sah Ella eindringlich an. »Wir haben uns geschworen …?«

»Wir schaffen das Abi auf jeden Fall«, antwortete Ella.

»Genau! Wir schaffen das auch, und zwar zusammen, du und ich! Wir können alles schaffen, was wir uns vornehmen, wenn wir es nur wirklich wollen, okay?«

Ella nickte zustimmend, sie hatte ja recht. Ein Lächeln schlich sich zurück auf ihre Lippen.

Anaïs drückte sie fest an sich. »Bist du hungrig, Wölfin?«, flüsterte sie.

»Ja, Mann!« Ella drückte fest zurück. Sie war glücklich. Ihre beste Freundin fand sie klug genug. Und sie würde mit ihr auf der Bühne stehen, um den Contest zu gewinnen. Ohne Wenn und Aber. Weil sie alles schaffen konnten. Zusammen.

9. Kapitel

Am Montag schwebten die Mädchen in die Schule ein, als wären sie bereits amtliche Rockstars. Romy schob mit hocherhobenem weißblonden Haupt und obercoolem Blick die Drums vor sich her, während Cahide über ihrem mädchenhaften Kleid eine Box mit dem Keyboard umgehängt hatte und Anaïs in Shorts und Combat-Boots ihren Basskoffer trug. Ella strahlte wie ein Honigkuchenpferd. Es fehlten eigentlich nur Zeitlupe, verspiegelte Sonnenbrillen und ein wenig Wind im Haar. Aber auch so sahen ihnen schon einige Schüler kopfschüttelnd nach.

Besonders Romys Outfit sorgte wieder einmal für aufgeregtes Getuschel. Sie trug eine lila Jogginghose von Versace, dazu eine Ultrakurzjacke in Silber-Metallic. Ein wilder Mix aus posh und sporty. Ella war überzeugt: In Sachen Mode konnte ihre Freundin sogar den Kardashians gute Tipps geben. Ihre Eltern waren jetzt zwar nicht Hollywood-crazy-rich, aber als Erben eines Traditionsherstellers für Back- und Süßwaren für deutsche Verhältnisse schon ziemlich vermögend.

Dabei lag ihr Haus aber überraschenderweise nur einen Steinwurf von der Hochhaussiedlung entfernt. Es handelte sich nämlich um eine alte Fabrikhalle des Unternehmens, die jahrelang leer gestanden hatte. Romys Eltern hatten das Gebäude schließlich aufwendig luxussaniert und waren eingezogen. Nun gab es bodentiefe Fenster, Fußbodenheizung und einen riesigen Dachgarten. Da die Obermeiers aber eine urbayerische Familie waren, durften auch rustikale Elemente in der Wohnungseinrichtung nicht fehlen. Im Wohnzimmer stand ein zehn Meter langer Tisch aus rohen Eichenplanken, darüber eine Lampe aus einem mittelalterlichen Wagenrad. Die Wände bestanden aus rohem Backstein. Kontrastiert wurde alles von ultramodernen Plexiglasstühlen, glitzernden Kronleuchtern und grellgrünen Flauschsofas. Dazu hingen rosa lackierte Hirschgeweihe an den Wänden. Der beste Teil des Hauses war aber der Keller, den die Mädchen lange Zeit als Proberaum hatten nutzen können. Bis das Pack vor einem Jahr bei den Obermeiers in Ungnade gefallen war. Natürlich wegen Romy …

Da sie nun aber dringend einen schalldichten Raum brauchten, musste eine andere Lösung her. Diese lag im zweiten Stock ihrer Schule. Das Gebäude war zwar ein hässlicher Betonklotz. Aber dafür verfügte es über einen sensationell gut ausgestatteten Musikraum von der Größe eines Konzertsaals. Er war das Refugium ihres Musiklehrers Böblinger-Moll. Er trug wie üblich Tweedjackett, Jeans und Turnschuhe, seine Haare waren mit den Jahren unübersehbar dünn und fusselig geworden. In Gedanken versunken saß er mit einem Horn auf dem Podium.

»Herr Böblinger-Moll. Sie sehen ja … super aus heute«, versuchte Romy sogleich etwas plump, gute Stimmung zu machen.

Böblinger-Moll fuhr hoch und sah sie fragend an.

Cahide stimmte ein: »So … fresh.« Auch sie wirkte wenig überzeugend. Tatsächlich sah Herr Böblinger-Moll völlig fertig aus.

»Geht's Ihnen heute nicht gut?«, wollte Ella wissen.

Der Lehrer seufzte: »Oh, doch. Ganz wundervoll. Gestern haben wir endlich geklärt, dass meine liebe Frau Yvonne das Haus behält und das Auto auch, denn irgendwie muss sie ja fünfmal die Woche zum ›Yoga mit Patrick‹. Aber hey, dafür gehört Spanky jetzt mir und kann weiter meinen Teppich vollpissen.«

»Spanky ist hoffentlich ein Hund?«, hakte Cahide nach.

Böblinger-Moll nickte: »Der hat so Augen, die dir sagen: ›Du bist fünfzig und niemand wird dich jemals wieder lieben‹.« Ella wusste gar nicht, wo sie hinsehen sollte, und sogar Romy richtete betreten den Blick zu Boden.

Endlich brach er das peinliche Schweigen. »Aber genug von mir: Was wollt ihr?«

»Also …« Ella überlegte. Sie wollte ihren Lehrer nicht überrumpeln. Anaïs hatte da weniger Hemmungen: »Wir brauchen den Proberaum.«

»Jeden Tag. Oder Nacht. Alles, was geht … bis nächsten Samstag«, fügte Romy hinzu.

»Und ich würde gern die E-Gitarre ausleihen. Am nächsten Samstag«, legte Ella nach. Die Mädchen wechselten einen Blick. Sollten sie ihn wirklich einweihen?

»Wir machen beim Song Contest mit!«, platzte es auch schon aus Cahide heraus. Böblinger-Moll war maximal unbeeindruckt. Er winkte ab: »Bitte kommt ihr mir jetzt nicht auch noch mit den ganz großen Träumen. Das mit der Musik ist doch alles nur noch Business.«

Ella hatte seinen Einwand fast schon erwartet. Sie kannte den Lehrer immerhin schon seit Jahren. Ohne ihn hätte sich Virginia Woolfpack wohl niemals gegründet. In der fünften Klasse hatte er ihnen im Musikunterricht auf einem mitgebrachten Plattenspieler ein Album von den Beatles vorgespielt und die schöne Anekdote erzählt, wie die Fab Four »She loves you, yeah, yeah, yeah!« im Wohnzimmer übten und Paul McCartneys Vater den Song schon ganz okay fand, aber meinte, dass »Yes! Yes! Yes!« doch wohl besser klingen würde. Böblinger-Moll konnte gar nicht mehr aufhören, sich über diese Geschichte scheckig zu lachen. »*Yes! Yes! Yes!*, versteht ihr? Hahaha! Kannste dir echt nicht ausdenken!«

Wenig später steckte er ihnen eine CD von Nirvana zu. Die Mädchen sollten die Songstruktur analysieren. Nach und nach versorgte er sie auf diese Weise mit allem, was die Pop- und Rock-Historie zu bieten hatte. Im Heute angelangt, schickte er ihnen immer noch Musikbeispiele als Spotify- und Bandcamp-Links, meist mit spannender Indie-Musik, häufig aber auch mit unhörbarem Jazzfrickelzeug oder retrofuturistischen Krautrockexperimenten nach seinem Geschmack. Trotzdem galt eines auf jeden Fall: Böblinger-Molls Meinung war Ella ungemein wichtig.

»Aber … da stimmt das Publikum ab, wer gewinnt. Alle spielen live und dann …«, versuchte sie ihn milde zu stimmen.

© Neue Bioskop Film, Foto: Anke Neugebauer

Ella unterstützt ihre Mutter beim Putzjob

© Neue Bioskop Film, Foto: Anke Neugebauer

Mutter Heike hat alles im Griff

Champagner mit Blattgold! Really?

Die besten Freundinnen chillen auf dem Dach

© Neue Bioskop Film, Foto: Anke Neugebauer

Ellas erster eigener Song entsteht

© Neue Bioskop Film, Foto: Anke Neugebauer

Die Band »Virginia Woolfpack«: Anaïs, Ella, Romy und Cahide

Lehrer Böblinger-Moll setzt sich für seine musikalischen Schützlinge ein

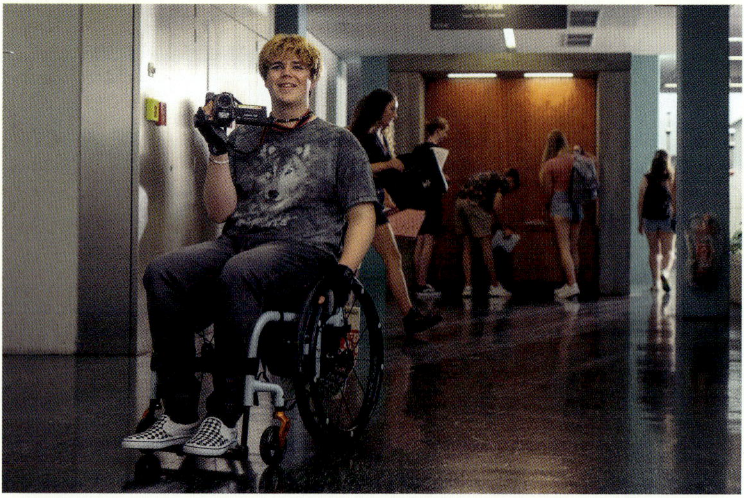

Tim macht mit seinem Camcorder Videos vom Woolfpack

Virginia Woolfpack im Bandproberaum der Schule

Beste Freundinnen sind unzertrennlich

Ella probiert heimlich das Tonstudio in Leons Zimmer aus

Leon schlägt einen Tauschhandel vor –
Gitarre gegen Gesang

Anaïs gibt als Frontsängerin und Bassistin alles

Auf der Bühne ist Ella ganz in ihrem Element

AlfaMK aka Leon heizt den Fans beim Song Contest ein

Diesen Moment würden die Mädels am liebsten einfrieren

»Ja genau,« fiel er ihr ins Wort, »weil man gute Kunst bekanntlich daran erkennt, dass sie der kleinste gemeinsame Nenner von allen ist.« Ella sah ihn enttäuscht an. Böblinger-Moll nahm seinen Plan zur Hand: »Also, ja … heute, Mittwoch und Freitag könnt ihr den Proberaum haben. Aber Ella, für dich hab ich schlechte Nachrichten. Die Gitarre ist leider in die Hände von ein paar Fünftklässlern geraten. Klingt jetzt wie'n Grizzly mit Verstopfung.« Er imitierte das entsprechende Geräusch, indem er auf dem Horn ein grässliches Gekrächze und Gequietsche von sich gab. Ella sah ihn entsetzt an. Trotzdem nahm sie den Gitarrenkoffer ergeben an sich.

Doch als die Freundinnen im Proberaum ihre Instrumente stimmten, wurde Ella klar, dass Böblinger-Moll nicht übertrieben hatte. Sie schlug ein paar Töne an und alles, was die Gitarre hervorbrachte, war ein grauenerregendes Knarzen. »Ohmeingott, Leute! Hört ihr das?«

Ella sah seufzend in die Runde: »Was sagt denn unsere Glastonbury-Kasse?«

»Du weißt doch, dass wir schon den neuen Verstärker davon finanziert haben, als wir die Kohle für die Reise fast zusammen hatten.«, erinnerte Romy sie. »Die Kasse ist mal wieder leer.«

Eigentlich hatte gerade Romy ein besonderes Auge

auf das Festivalgeld, denn ihre Eltern hatten nicht nur dem Pack Hausverbot erteilt, sondern auch Romys Kreditkarten gesperrt. Logisch wollte sie zeigen, dass sie auch ohne Zuwendungen klarkam. Trotzdem war ihnen die gemeinsame Musik am Ende immer wichtiger gewesen. Der Unterschied zwischen »Verstärker haben« und »nicht haben« konnte bedeuten, als Gast auf das Festival zu fahren – oder vielleicht selbst einmal dort auf der Bühne zu stehen!

Ella zeigte auf die Gitarre: »Aber wie soll ich so spielen?«

»Und wenn wir die Ukulele verstärken?«, schlug Cahide vor.

Ella sah sie geschockt an. Romy schien die Idee nicht übel zu finden: »Lass uns das probieren – oder fällt euch was Besseres ein?«

»Wir haben uns doch eh mit ’ner A-cappella-Version beworben«, fügte Anaïs hinzu. »Komm schon, das wird!«

Ella gab auf. Sie nahm die Ukulele und schlug augenverdrehend die Akkorde von »Lonely Star« an. Cahide ging hinüber zu ihrem Keyboard, Romy setzte am Schlagzeug ein, während Anaïs den elektrischen Bass umlegte.

Schon nach den ersten Akkorden wurde Ella etwas zuversichtlicher. Mit dem druckvollen Schlagzeug, dem satten Bass bekam der Song eine ganz neue Power. Doch mitten im Lied brach Ella ab. Sie sah zur halb offen stehenden Tür.

»Tim? Ich weiß, dass du da bist …«, erklärte sie verärgert. Tatsächlich schob ihr Bruder nun seinen Kopf in den Raum. In den Händen hielt er seinen Camcorder. »Der Song ist krass stark!«

Auch Anaïs war genervt: »Du kannst nicht einfach Leute filmen, ohne sie zu fragen.«

Tim guckte betroffen, fing sich aber schnell: »Wenn ich euch schlau verlinke … mach ich Euch ’ne solide Fanbase bis zum Contest. Versprochen. Aber ich brauch Content! Vintage ist der heiße Shit.« Er hielt den Camcorder hoch.

Romy blickte in die Runde. »Wo er recht hat …«

Ella sah erstaunt zu ihr rüber. War nicht gerade Romy diejenige, die Social Media wie kaum eine Zweite hasste? Schließlich kam seit Jahren zweimal die Woche eine nervige Social-Media-Managerin zu ihr nach Hause. Im Schlepptau hatte sie jeweils eine Stylistin und einen Fotografen, um möglichst spontan wirkende Happy-Family-Bilder zu inszenieren. Romys Eltern waren nämlich das »Gesicht« der Marke Obermeier. Nicht selten wurde bei diesen Fake-Bildern der ganze Hausstand einbezogen, mitsamt Tochter und Hund. Kein Wunder, dass Romy aufbegehrte. Eines Tages färbte sie sich die Haare grün und fotobombte jedes Bild mit einem Harley-Quinn-Grinsen, bis ihr »erlaubt« wurde, von den Sessions fernzubleiben.

Aber sosehr Romy den Quatsch hasste, wusste sie auch, dass diese Art der Selbstdarstellung wirkte.

»Wär schon schön, wenn auch mal jemand außer, weiß nicht, unseren zwanzig Followern und Tim unsere Musik hören würde, oder?«, pflichtete nun auch noch Cahide Romy bei.

Anaïs schüttelte verärgert den Kopf. »Bloß weil plötzlich alles nur noch Content-Management ist, muss man da ja wohl noch lange nicht mitmachen.«

Ella dachte nach. Romy und Cahide lagen schon richtig. Und vielleicht war ihr nerviger Bruder doch nicht so unnütz. »Böblinger-Moll hat recht«, sagte sie. »Es heißt Musik-Business. Business unterstrichen. Keine Fanbase, keine Instrumente, kein Sieg.«

Tim strahlte bis über beide Ohren, als hätte er gerade ihr Management übernommen. »Euer Kanal wird so steil gehen.«

Ella seufzte: »Das ist gut. Meine Riffs nämlich eher nicht so.«

10. Kapitel

Ella lag auf ihrem Bett. Um sie herum herrschte mittleres Chaos. Auf ihrem Schreibtisch stapelten sich Tassen und Teller, der Boden war von Klamotten geflutet. Eigentlich musste sie dringend aufräumen, aber dafür hatte sie jetzt keine Nerven. Sie setzte die Kopfhörer auf und ging die Aufnahmen von der Bandprobe durch. Doch mit jedem neuen Ton schwand ihre anfängliche Zuversicht. Die Ukulele klang einfach entsetzlich – viel zu quäkig, zu lieblich. Mit jeder Sekunde schien sie sich – pling-pling-pling! – stärker in den Vordergrund zu drängen, ja, gar den Gesang zu übertönen. Seufzend sah Ella auf das Joan-Jett-Poster an ihrer Wand. In hautengem Leder rockte die Musikerin lässig ihre Gitarre. Ihr Blick wanderte zurück zu der Ukulele. Keine Frage: Das kleine Ding hatte ihr in der Vergangenheit gute Dienste geleistet und war zum Beispiel für Südsee-Feeling genau das Richtige. Aber Rock 'n' Roll ging eben anders! Mit der Ukulele konnten sie auch gleich aufgeben.

Dabei liebte sie das Instrument. Es war eines der wenigen Dinge, die ihr Vater, Marc, zurückgelassen hatte. Allerdings wusste Ella nicht, ob er überhaupt spielen konnte oder sie nur als Accessoire gekauft hatte. Sie wusste überhaupt nur wenig über ihn. Ihre Mutter sprach kaum über ihren Erzeuger, nur zwei knittrige Fotos hatte sie von ihm in einem Briefumschlag im Wohnzimmerschrank aufbewahrt. Sie zeigten einen jungen Mann mit blauen Augen und schmutzig-blonden Dreadlocks. »Nordische Wursthaare«, wie ihre Mom sie nannte. Dabei musste Marc für sie einmal die ganz große Liebe gewesen sein. Sie waren sich im Stroboskoplicht eines Underground-Raves das erste Mal begegnet. Damals war ihre Mom noch in der Ausbildung, aber ein kompromissloses Feierbiest. Jedes Wochenende zog sie von einem Club zum anderen. Ella hatte einmal Partyfotos gesehen, auf denen sie eine blaue Perücke und ein Minikleid aus Plastik trug. Beschallt von 160 Beats per Minute hatte ihre Mom in Marc ihren Soulmate gefunden. Sie zogen gemeinsam um die Häuser, feierten und fuhren zwei wunderbare Sommer nach Berlin zur Love-Parade. Dann wurde ihre Mutter schwanger. Ihr Leben änderte sich drastisch. Auch Marc bemühte sich, der Verantwortung gerecht zu werden. Aber es gelang ihm nicht. Als zwei Jahre später auch noch Tim zur Welt kam, verschwand er von einem Tag auf den anderen von der Bildfläche. In einem Abschiedsbrief schrieb er über die Notwendigkeit, sein Ich zu finden – und das ging offenbar nur ohne Kontaktadresse an den palmengesäumten Stränden Goas. Gar nicht cool.

Ella nahm ihr Handy. Auf Instagram hatte sie zwei Kandidaten entdeckt, die ihrem Vater ähnelten und sich an der indischen Küste herumtrieben. Eine Weile hatte sie die Posts intensiv verfolgt. Der eine (M@rc84) hatte eine windschiefe Bar mit einem löchrigen Dach aus trockenen Palmenblättern. Der andere (Gambli_ngGOA98) verdiente sein Geld offenbar als Feuerjongleur. Beide hatten nordisches Wursthaar, Batik-T-Shirts und sehr schlechte Zähne. Nachdenklich scrollte Ella durch die Bilder. Aber was wusste sie schon? Vielleicht war es auch keiner von beiden. Sehr wahrscheinlich waren auf Goa so einige Lookalikes unterwegs. Aber eines stand für sie fest: Auf keinen Fall wollte sie einmal einen Typen wie ihren Vater als Freund. So ein typischer Ich-Ich-Ich-Kerl brauchte sich gar nicht erst um sie bemühen.

Schnaufend legte sie das Handy zur Seite, als plötzlich wirre Satzfetzen an ihr Ohr drangen. Sie riss den Vorhang zur Seite, der ihr Zimmerteil von dem Tims trennte. Er hatte seinen Camcorder über ein kompliziertes Adapter-System mit seinem Handy verbunden und frickelte an einem Video. »Mann! Hier geschieht Insta-Story-Kunst!«, beschwerte er sich.

»Wenn du keine Kopfhörer nimmst, geschieht gleich noch was anderes!« Ella war kurz davor, ihrem Bruder die Ukulele über den Kopf zu ziehen. Aber da stöpselte Tim schon augenrollend die Kopfhörer ein.

Ella sah argwöhnisch zu ihm rüber: Wollte Tim etwa mit seinem Aktivismus wirklich bei Anaïs punkten? Falls ja, konnte er sich warm anziehen.

Denn die war in Jungs-Fragen alles andere als einfach. Das lag auch bei Anaïs in erster Linie an ihrem Vater, wie Ella nur zu gut wusste. Als Kind hatte sie ihn noch regelrecht vergöttert. Er galt für sie als unantastbare Respektsperson. Ein Mann der alten Schule, streng, aber gerecht, dessen Wort noch etwas galt und der sich für seine Familie jederzeit schützend vor jeden Angreifer geworfen hätte.

Aber dieses Bild stimmte nicht. Ella dachte daran zurück, wie Anaïs damals völlig aufgelöst und verstört aus den Sommerferien gekommen war. Normalerweise erzählten sich die Freundinnen immer alles, was sie bedrückte, und zwar auf der Stelle. Obwohl Ella sofort gespürt hatte, dass etwas nicht in Ordnung war, brauchte Anaïs einen ganzen Tag, bis sie endlich mit der Sprache herausrückte und ihr erzählte, was vorgefallen war. Sie hatte einen nächtlichen Streit ihrer Eltern mitgehört. Offenbar hatte ihr Vater seit Jahren eine Geliebte, eine ehemalige Tanzschülerin. Aber nicht nur das! Mit dieser Frau hatte er ein weiteres Kind und führte ein regelrechtes Doppelleben. Er hatte zwei Familien an verschiedenen Orten. Ella selbst hatte das kaum glauben können. Sie konnte gut verstehen, dass Anaïs' Glauben an die Männerwelt einen Grand-Canyon-großen Knacks davontrug. Sie hatte ja schon immer hohe moralische Ansprüche gehabt. Aber seitdem konnte Anaïs jede Art von Heuchelei und Unaufrichtigkeit überhaupt nicht mehr ertragen. Der kleinste Anflug von Lüge und Verrat brachte sie zum Tillen. Ein Junge, der ihr Herz erobern wollte, musste also ein argloser Drachentöter ohne Fehl und Tadel sein. Und so einer, der musste erst noch gebacken werden! Davon war Ella überzeugt.

Seufzend griff sie wieder nach ihrem Handy. Wenn sie auch nur den Hauch einer Chance bei diesem Wettbewerb haben wollte, dann wurde es allerhöchste Zeit, nach einer elektrischen Gitarre zu suchen. Doch noch bevor sie den ersten Anruf machen konnte, klopfte es an der Tür und ihre Mom kam herein. »Hey, Schatz … alles okay?«

Ella stöhnte. Auch das noch! Nie hatte man seine Ruhe! Fragend sah sie ihre Mutter an. Hoffentlich gab es nicht wieder etwas zu tun!

»Du, ich …«, druckste ihre Mom.

Hatte sie es doch gewusst. Sofort hob Ella die Hände. »Oh nee … bitte nicht noch eine Horrormeldung jetzt.«

Ihre Mutter setzte sich. »Ist nix Schlimmes, keine Angst. Ich … sag mal, kannst du dir vorstellen, morgen kurz bei den von Bergens für mich einzuspringen?«

Ella sah ihre Mutter fassungslos an.

»Es geht wirklich nur um die Böden im Erdgeschoss. Die wollen sie noch mal nachgewienert haben. Eine Stunde«, fuhr die Mutter fort.

»Ich kann morgen nicht. Ich muss irgendwie 'ne Gitarre auftreiben«, wehrte Ella ab.

Ihre Mom sah sie überrascht an. »Aha?«

Eigentlich hatte Ella keine Lust, sich zu erklären. »Ich mach mit dem Woolfpack bei so 'nem Wettbewerb mit …«, begann sie.

»Ella, haben wir da nicht schon so oft drüber gesprochen? Nicht zu viel Druck in die Musik-Sache.«

»Anaïs macht mit mir Physik. Ich hab das voll im Griff«, versuchte Ella sie zu beruhigen.

»Wettbewerb klingt aber anstrengend«, behauptete ihre Mom.

»Geht so.«

Aber ihre Mutter ließ nicht locker. »Das Abi ist zu wichtig für deine Zukunft, Schatz.«

Ella schnaubte. Diesen Spruch konnte sie bald wirklich nicht mehr hören! Es nervte sie, dass ihre Mutter sie gefühlt rund um die Uhr ermahnte. Dabei wusste Ella ja, dass sie es eigentlich gut meinte. Schließlich hatte ihre Mom am eigenen Leib erfahren, was es bedeutet, eine gesicherte berufliche Zukunft gegen die Wand zu fahren. Denn sie hatte vor rund zwanzig Jahren ihre fast fertige Ausbildung zur Steuerfachangestellten von einem Tag auf den anderen abgebrochen. Grund dafür waren einige vielversprechende Modeljobs, mit denen sie nebenbei Geld verdiente. Ihr sportlicher, frischer Look schien damals stark gefragt. Ihre Mutter musste also abwägen: auf der einen Seite die Karl Kungel Steuer KG – auf der anderen Karl Lagerfeld & Konsorten. Es hätte auch gut gehen können, ging es aber nicht. Kaum hatte sie sich von der Steuerkanzlei verabschiedet, ploppten ganz neue Gesichter im Business auf. Statt lebensfroh und healthy galt mit einem Mal kränklich und bleich als en vogue.

Die Aufträge für ihre Mutter wurden weniger, beschränkten sich bald auf Kundenmagazine und Versandkataloge. Mit ihrer Schwangerschaft war das Thema dann vollständig erledigt. Ella wusste, wie sehr ihre Mutter diese Entscheidung bereute. Aber warum musste sie das jetzt mit ausbaden?

»Du musst auch an später denken«, hörte sie ihre Mutter sagen. Jetzt platzte Ella aber wirklich der Kragen. »Der Song Contest ist auf jeden Fall wichtiger für meine Scheiß-Zukunft, als wenn mich meine Mutter für ihren Putzjob versklavt!«

Ihre Mom sah betroffen zu Boden.

»Tut mir leid«, entschuldigte sich Ella sofort.

Einen Moment lang schwieg ihre Mom. »Ich hab morgen endlich den Termin für Tim bei diesem Edel-Heilpraktiker«, erklärte sie betreten.

Hinter dem Vorhang kam Tims blonder Kopf zum Vorschein.

»Sorry.« Seine Entschuldigung klang aufrichtig.

Ella spürte einen Stich im Herzen. Plötzlich kam sie sich kleinlich und egoistisch vor. Deshalb sagte sie schnell: »Quatsch. Ist doch super! My bad.«

11. Kapitel

Ellas Stimmung war unterirdisch. Die halbe Nacht hatte sie gegrübelt, von wem sie sich kurzfristig eine Gitarre leihen konnte. Aber alles war noch schwieriger, als sie es sich ohnehin schon vorgestellt hatte. Kaum überraschend gab es keinen Gitarrenverleihladen und ihr rasch geschaltetes Internet-Inserat blieb auch unbeantwortet. Doch anstatt sich auf diese eine Sache konzentrieren zu dürfen, feudelte sie jetzt auch noch das Parkett in der Villa der von Bergens. Dabei war der Boden ohnehin blitzblank! Was manche Leute für Probleme hatten – unfassbar. Genervt schob Ella den Wischmopp hin und her, während sie gleichzeitig befreundete Bands abtelefonierte. Mittlerweile war sie bei der letzten Option angekommen. »Habt ihr keinen Ersatzschlüssel irgendwo deponiert?« Sie atmete tief durch. »Okay. Nee. Bei den Flintbones hab ich schon gefragt. Die brauchen ihre Gitarre selber.«

Ella sah genervt zur Decke. Das konnte doch einfach alles nicht wahr sein! Warum lagen für sie jeden einzelnen Tag brockenweise Steine im Weg? Immer musste sie um irgendwas kämpfen! Und dann, wenn sich für sie doch mal eine kleine Chance bot, eine minikleine Mikro-Chance, dann hatte sie nicht einmal eine Gitarre! Wütend trat sie gegen den Putzeimer. Was sie jedoch augenblicklich bereute. Denn der geriet gefährlich ins Trudeln und fiel schließlich scheppernd um. Das braune Brackwasser ergoss sich auf den Boden und lief zügig Richtung Teppich. Ausgerechnet!

»Oh, nee … Fuck! Fuck!« Ella wurde es heiß und kalt.

Hastig warf sie ihren Putzlappen zwischen Teppich und Wasser. Aber der Lappen konnte die Flut nicht aufhalten. Kurzentschlossen zog sie sich das »sauber.de«-T-Shirt ihrer Mutter über den Kopf und schmiss es hinterher. Das Logo saugte sich voll und verwandelte sich von sauber.de in schmutz-und-lumpig.de. Verärgert wischte Ella mit Lappen und Shirt das Wasser zurück Richtung Eimer. Der wollweiße Teppich war zwar gerettet, aber dafür war Ellas Shirt nun klatschnass. Sie wrang es aus und hängte es zum Trocknen über den Rand des Eimers.

Ella sah an sich hinunter. Konnte es noch elender kommen? Da stand sie nun im BH in einem fremden

Haus. Und es war auch noch einer ihrer schäbigsten! Seufzend suchte sie nach einer Ersatzbekleidung. Auf der Couch fand sie eine Decke – und wie konnte es anders sein: Sogar die einfachsten Dinge waren hier von Luxuslabeln! Kurzerhand wickelte sie sich in die Gucci-Decke. Sie sah sich im Spiegel und musste zu ihrem Ärger feststellen, dass sie jetzt besser aussah als in ihrem T-Shirt. Dann blieb ihr Blick an einem der Fotos an der Wand hängen. Darauf: alfaMK, etwa dreizehn Jahre alt mit Zahnspange, irgendwo an einem prächtigen Sonnenstrand. Er lachte Ella direkt ins Gesicht.

»What the fuck!«

Mit zunehmendem Groll betrachtete sie die anderen Fotos: alfaMK segelnd (vermutlich Karibik), dann auf einem Kamel zwischen Beduinenzelten, Weihnachtsfeier mit klassischer Gitarre … und schließlich: alfaMK in Graceland. Dem legendären Anwesen des King of Rock ’n’ Roll himself, Elvis Presley. Ella wurde immer wütender. Warum war die Welt so verdammt ungerecht? Sie musste sich krummmachen, Pizzen backen, bei reichen Leuten den Dreck wegputzen, und andere hatten einfach alles, und zwar gleich doppelt und dreifach. Umgeben von all dem Prunk, hätte Ella am liebsten laut geschrien. Wäre sie Romy, hätte sie jetzt mit einer

Sprühdose ihre Meinung an der Wohnzimmerwand verewigt.

Ella grinste, als sie an Romys legendäre Ausraster dachte. Zuletzt vor der Schule. Hier hatte sich das Phänomen der gefährlich falschparkenden Elterntaxis zu einer Seuche entwickelt. Als Romy nach Schulschluss einmal ausgerechnet in der Feuerwehreinfahrt einen silbernen SUV entdeckte, hätte alles noch friedlich ausgehen können.

Denn zunächst hatte Romy nur gegen die Fensterscheibe geklopft und fast höflich gefragt: »Können sie ihren Panzer auch woanders parken?« Als der Fahrer, ein Mann mit gestreifter Krawatte und Beamtenbrille, nicht reagierte und stattdessen demonstrativ auf sein Smartphone starrte, sah Romy rot. Weder Ella noch Cahide oder Anaïs hatten es kommen sehen: Im nächsten Moment war ihre Freundin auch schon auf die Motorhaube gesprungen und schrie: »Hier. Darf. Man. Nicht. Parken!« Bei jedem Wort sprang sie mit ihren Doc Martens wütend auf das Blech. Sofort hatte sich eine Traube aus Schülern gebildet, die ihre Kameras zückten und Romy im Takt anfeuerten. »Hier. Darf. Man. Nicht. Parken!« Es war ein vielstimmiger Schlachtruf aus Hunderten von Schülerkehlen.

Der Fahrer des Wagens war mittlerweile hastig ausgestiegen und versuchte Romy fluchend von der

Motorhaube zu ziehen. Also wich diese aufs Dach aus. Es folgte ein wildes Gerangel, an dessen Ende Romy das Gleichgewicht verlor und ohne jede Eleganz wie ein schwerfälliger Käfer über den Kofferraum in Zeitlupe zu Boden glitt.

Das Ergebnis war dann ein gebrochenes Handgelenk und eine Anklage wegen Sachbeschädigung. Natürlich heuerten Romys Eltern die beste Verteidigerin der Stadt an. Sogar Transparente mit der Aufschrift »Free Romy« wurden vor der Schule angebracht. In der Presse wurde sie vereinzelt als Heldin gefeiert. Doch bei der Urteilsverkündung mussten leider auch Romys weniger idealistische Vergehen der Vergangenheit berücksichtigt werden: ein aus Liebeskummer mit Bauschaum eingesprühtes Damenrennrad und ein geschrotteter Briefkasten nach einem Einkaufswagenrennen.

Romy bekam das Höchstmaß an Sozialstunden aufgebrummt.

Obwohl ihre Eltern wussten, dass allein Romy für ihr Handeln verantwortlich war, entschieden sie, dem Pack wegen ihres »schlechten Einflusses« auf ihre Tochter Hausverbot zu erteilen.

Aber immerhin hatte die ganze Sache auch eine gute Seite: Da fortan bestimmte Eltern Angst hatten, eine Verrückte könnte ihnen auf die Motorhaube springen, war das Thema Elterntaxis vor der Schule erledigt.

Von Bergens hatten Glück, dass Ella weniger explosiv war. Statt aus Frust die Bude »kreativ neu zu gestalten«, öffnete sie den Kühlschrank und nahm eine der Dutzenden Champagnerflaschen.

»Oh, was für ein edler Tropfen, aprikosig im Abgang mit einem Hauch Engelsfurz«, ätzte sie. Dann öffnete sie die Flasche mit einem Knall, dass die Goldflocken darin tanzten.

Ihr war inzwischen alles egal. Wenn die Aktion ihre Mutter den Job kosten würde – umso besser. Dann putzten sie halt woanders. Hauptsache nie wieder bei diesen Assis!

Ella genehmigte sich trotzig einen kräftigen Schluck. Der Schampus schäumte sofort über. Prustend ließ sie ihn aus ihrem Mund zurück in die Flasche laufen. Am eleganten Auftritt würde sie wohl noch arbeiten müssen. Aber zum Glück hatte sie niemand gesehen. Denn sie war ja ganz allein in der Villa, allein in diesem Haus mit Tonstudio im ersten Stockwerk …

Mit der Flasche in der Hand lief sie die Marmortreppe nach oben. Vor alfaMKs halb geöffneter Studiotür blieb sie einen Moment stehen. Dann kickte sie die Tür mit dem Fuß auf. Kurz zögerte sie, doch sie konnte der Versuchung einfach nicht widerstehen: Da war sie, die Les Paul, glänzte in der Sonne und übte eine magische Anziehungskraft aus. Vorsichtig nahm sie die Gitarre, stöpselte sie in den Verstärker. Sie stimmte kurz nach und schlug probeweise ein paar Töne an. Doch dann ließ sie alle Zurückhaltung fahren. Mit voller Wucht bearbeitete sie die Saiten. »Daa daa dada daa!«. Die ersten Akkorde von »I Love Rock 'n' Roll« von Joan Jett dröhnten durchs Haus. Und noch einmal »Daa daa dada daa!«. Dann machte sie die Windmühle und jagte ein herrlich verzerrtes Gitarrengequietsche hinterher.

Der Sound war einfach fantastisch! Es war so ein unglaubliches Vergnügen, diese wunderbare Gitarre auch nur in der Hand zu halten. Der Computer war eingeschaltet. Neugierig ging sie zum Schreibtisch mit dem riesigen Bildschirm, und ein kurzer Klick mit der Maus zeigte ihr, dass das Musikprogramm lief. Ella nahm einen weiteren Schluck und sah sich unternehmungslustig um. Da entdeckte sie die Gesangskabine.

Kurz entschlossen legte sie den Kippschalter am Mischpult auf On und zog den Mikrofon-Regler hoch. Sie schlüpfte in die Kabine und streifte den Kopfhörer über. Ein Beat war darauf zu hören. Automatisch wippte sie mit dem Kopf und gab die Gangster-Rapperin: »Yo Yo Yo …«

Erschrocken zuckte Ella zusammen. Das Mikro war unglaublich! Gar kein Vergleich zu dem Billo-Schrott aus dem Übungsraum der Schule, der immer zu dumpf klang. Was auch daran liegen konnte, dass zu viele Mitschüler einen »Mic-Drop« zu Unrecht cool fanden. Sie nahm wieder einen großen Schluck aus ihrer Flasche. Das Ende der Gucci-Decke wie eine Stola um den Hals geschlungen, spielte sie souldiva-like mit ihrer Stimme. Ella trällerte die Tonleiter hinauf und ganz tief hinunter, sang und säuselte. Dann begann sie zu alfaMKs Beat zu rappen, was ihr gerade in den Sinn kam.

Yeah, Yeah, ich bin reich
Dicke Eier
Ich hab alles, Gibson-Gitarre am Start
Dieses Leben ist nicht fair
Für mich Ebbe, für dich mehr
Mehr, yeah, yeah, Gucci-Decke schwer
Die Welt ist für dich Gold
Nananana, dein Gold
1000 Quadratmeter Gold, yeah
Gold, guck mal alles ist aus
Gold, yeah

Gold in dein'm Glas
Gold in dein' Venen
Gold um dein' Hals
Goldener Käfig
Die Welt ist für dich groß
Doch für mich ist sie klein
40 Quadratmeter Scheiß-Wirklichkeit

Ella hatte keine Ahnung, wo dieser Text plötzlich herkam. Aber sie legte ihren ganzen Frust in diese Zeilen. Wie gut das tat! Ihr wurde mit einem Mal klar, warum nicht alle Indie-Pop machen wollten. Dann begann sie zu singen:

Nanaana, blau
Irgendwann komm ich hier raus
200 km/h
Nananana
Und die Stadt leuchtet blau
Irgendwann komm ich hier raus
200 km/h
Von der Platte zum Star
Und die Stadt leuchtet blau
Irgendwann komm ich hier raus
84 bpm
Bis mich jeder kennt

Nananana, lila Scheine
Es regnet lila Scheine
Lila, lila, lila Scheine

Sie hätte endlos weiter improvisieren können. Ihre Stimme klang unglaublich und es lag ihr noch so viel auf der Seele! Ella war vollkommen in der Musik versunken, variierte mit neuer Inbrunst die letzten Zeilen, und mit den letzten Tönen öffnete sie die Augen, drehte sich um und fuhr zusammen. Vor Schreck rutschte ihr beinahe die Decke von den Schultern. »Fuck!«, schrie sie auf. Auf der anderen Seite der Glasscheibe stand alfaMK in einem sicher sündhaft teurem weißen Hoodie, der ihm unverschämt gut stand. Er musste eben hereingekommen sein. Wie viel er wohl mitbekommen hatte? Und musste ausgerechnet er sie hier fast im BH sehen, noch dazu in einem so ollen? Hastig zog Ella die Decke um die Schultern, riss die Kopfhörer herunter und trat aus der Kabine.

AlfaMK sah sie mit einem undefinierbaren Blick an, der ihr einen merkwürdigen Stich versetzte, doch dann schaltete er sofort in seinen üblichen Arroganz-Modus: »Ich hab doch gesagt, der Putztrupp soll hier nicht rein.«

Sie machte einen Schritt auf ihn zu. Erst jetzt

merkte sie, wie sehr ihr der Champagner zu Kopf gestiegen war.

»Was? Äh. Ja, also ich …«, stammelte sie. Nur mühsam gelang es ihr, die Fassung zurückzugewinnen: »Ich hab hier nur für eure Lordschaft abgestaubt.«

»Mhm. Sah eher so aus, als hättest du mein Studio gefeiert. Und zwar richtig«, gab alfaMK zurück und kam ihr ziemlich nahe. Sie zog die Decke fester um die Schultern und bemühte sich, ihm nicht direkt in die dunklen Augen zu sehen. Ziemlich schöne dunkelbraune Augen.

»Pfff. Nur schade, dass es an dich vergeudet ist. Wollte es mal mit guter Musik in Bewegung bringen, nee … in Berührung bewegen …« Obwohl sie auf cool machte, schlug Ellas Herz bis zum Hals. Sie setzte die Flasche an, um lässig einen Schluck zu trinken, aber der Schampus schäumte wie verrückt, er lief über ihr Kinn und rann langsam Richtung BH. Zu ihrer Überraschung nutzte alfaMK ihr Missgeschick nicht für einen weiteren Spruch. Stattdessen sah er sie direkt an und die Goldflocken kribbelten in ihrem Bauch. »… das war echt ziemlich angry. Gut angry.« Er ging zum Rechner, um Ellas Aufnahme abzuspielen.

Und die Stadt leuchtet blau
Irgendwann komm ich hier raus
200 km/h
Von der Platte zum Star

Ella wurde rot. »Alter! Das löschst du. SOFORT!«

Sie stolperte zum Pult und versuchte alfaMK davon wegzuschubsen. Aber das ließ er nicht zu.

»Woah, stopp, stopp, stopp – nein!« Er schob sie vom Pult weg und kam ihr schon wieder viel zu nahe, so nahe, dass sie seinen Atem auf ihrer Schulter spürte. Sie wollte die Decke höherziehen, doch er kam ihr zuvor und … half ihr dabei. Das hatte sie nicht erwartet. Okay, kleiner Pluspunkt.

»Was willst du dafür … dass ich's behalten darf?«

»Was? Wieso? Was willst du damit?«, fragte Ella.

»Bisschen was ausprobieren«, antwortete alfaMK unbestimmt. »Ich schätze, fürs Putzen bekommst du einen Hunni?«

Ella sah ihn fassungslos an. Meinte er das ernst? »Elf Euro die Stunde, du weltfremdes Rich Kid«, korrigierte sie ihn. »›Sauber.de‹ vertickt meine Mom zum Sonderangebot. Dafür, dass wir die ganze Scheiße von deiner Party am Samstag aufgeräumt haben … haben wir nicht mal … warte … Fuck … achtzig Euro gekriegt. Fuck, Mann!«

Für einen Moment wirkte alfaMK beinahe schon etwas kleinlaut. Aber schnell fasste er sich wieder. Er überlegte: »Gut, okay. Für deinen Gesang geb ich dir …«

Ella kam ihm zuvor: »Achtziiiiig …«

AlfaMK hob die Augenbrauen. Okay, da ging noch mehr.

»… tausend. Millionen. Oder … die Gitarre«, forderte Ella.

»Die Gitarre … hmmm. Die hat aber ’nen ideellen Wert für mich«, meinte alfaMK.

Ella verschränkte die Arme. »Für mich ja vielleicht auch.«

Er schwieg einen Moment und sah ihr direkt in die Augen. »Was willst’n überhaupt mit der machen?«

Sie zuckte mit den Schultern und hielt seinem Blick stand. »Vor 500 Leuten spielen. ’n Hit schreiben. Song Contest gewinnen. So Sachen halt.«

»Song Contest gewinnen?« Er lächelte. »Okay. Na, dann …« Er gab ihr die Gitarre.

Ella griff verdattert danach und zog schnell die Hand weg, mit der sie seine gestreift hatte. »Wie jetzt, du gibst mir die echt? Einfach so?« Sie konnte es nicht fassen. »Biste jetzt komplett irre?«

AlfaMK nahm ihr vorsichtig die Gitarre ab. »Nee.

Ich will einfach deinen Vocal-Track haben«, erklärte er ganz ernsthaft, während er das Instrument in einem passenden Case verstaute. Dann reichte er ihr die transportbereite Les Paul und nahm stattdessen die Schampusflasche entgegen. »Sollen wir darauf ein Glas trinken?«, fragte er.

Plötzlich war von unten eine Stimme zu hören. »Frau Haller? Ella?«

»FUCK! Deine Mutter!«, rief Ella und schaute panisch an sich herunter. Die Decke musste ihr heruntergerutscht sein, als sie die Gitarre genommen hatte. Da stand sie in ihren Leoparden-Leggings und nichts als dem alten BH. Plötzlich ernüchtert, wollte sie doch nicht mehr so dringend die Klassenfrage stellen. »Was mach ich'n jetzt?«

AlfaMK zog amüsiert seinen Hoodie aus. »Hier, als Zugabe!«

Ella streifte ihn dankbar über und verbot sich einzugestehen, dass sie gerade auf sein Sixpack gestarrt hatte, das kurz zu sehen war, als er sich den Hoodie über den Kopf zog. Schnell griff sie nach der Gitarre und lief die Treppe hinunter.

Frau von Bergen stand auf ihrem Handy tippend an der Garderobe. Ihre dunkelbraunen Haare waren perfekt frisiert. Ein blaues Businesskostüm unterstrich ihre strenge Ausstrahlung.

»Guten Abend, Frau von Bergen«, grüßte Ella.

Die Mutter des Alfa-Rappers sah kurz auf: »Ah, bist du Ella? Ich kann dir nur raten, nicht *zu* gute Bekanntschaft mit diesem verzogenen jungen Mann hier zu machen.« Sie deutete mit dem Kopf Richtung Galerie, von der ihr Sohn zu ihnen nach unten blickte. Während Frau von Bergen mit der einen Hand durch ihre Nachrichten scrollte, griff sie mit der anderen nach ihrem Portemonnaie. »Ich wollte deiner Mutter noch einen kleinen Bonus unter der Hand geben. Ich hatte letzte Woche ein paar Gäste da. Schleck-o-mio, brandneue Firma, kennst du vielleicht aus der Werbung. Das ist ein bisschen, na ja …« Sie drückte Ella einen Hunderter in die Hand. »Junge Unternehmer feiern eben gern exzessiver.«

Plötzlich fühlte sich Ella ziemlich unwohl. Zum einen hatte sie alfaMK zu Unrecht verdächtigt, Verursacher des Party-Chaos zu sein. Und dieser unerwartete Bonus war ihr jetzt auch extrem peinlich. So mit geklautem Schampus intus.

»Ja genau, Mom. Schieb's nur auf die jungen Unternehmer«, rief alfaMK böse von der Galerie.

Ella sah überrascht zu ihm auf. An seiner Stimme spürte sie sofort: Das hier war nicht nur ein bisschen Frotzelei zwischen Mutter und Sohn. Hier war richtig Beef. Ella unterdrückte einen Schluckauf. »Ja … ich muss dann auch mal … gehen«, sagte sie schnell. Aber sie war ohnehin aus dem Fokus der Aufmerksamkeit.

»Don't Mom me!«, rief Frau von Bergen mit dröhnender Stimme zu ihrem Sohn hinauf. Trotz Botox zeigte sich so etwas wie eine Zornesfalte auf ihrer Stirn. »Bevor du nicht ein bisschen Dankbarkeit zeigst, dass ich mich mit PMS durch die Aufsichtsratssitzungen quäle, um deine teuren Hobbys zu finanzieren, ist hier gar nix mit ›Mom‹!«

Mehr Familieninterna wollte Ella lieber nicht mitbekommen. So schnell wie möglich kramte sie alle Sachen zusammen und hechtete zur Tür hinaus: »Tschü … Tschüsseldorf!«

Ella wusste immer noch nicht, wie ihr geschah. So schnell wie möglich radelte sie in dem Edel-Hoodie nach Hause, die Les Paul mit einer Hand fest umklammert. Sie wollte jetzt nichts anderes, als mit ihrer Gitarre allein zu sein.

Zum Glück war um die Zeit nicht mehr allzu viel Verkehr, das hätte Ella in ihrem Zustand wirklich nicht gebrauchen können! Champagner mochte zwar die Stimmbänder in Schwung bringen und einem Mut für krasse Verhandlungen machen, aber mit Radfahren vertrug er sich eindeutig weniger gut.

Als sie dann endlich wohlbehalten zu Hause angekommen war und die Wohnungstür aufschloss, merkte sie erleichtert, dass ihre Mutter und Tim noch unterwegs sein mussten. Wie großartig, die Wohnung ganz für sich zu haben! Sie setzte sich auf ihr Bett und hob vorsichtig die Gitarre aus dem Case. Zärtlich strich sie über das lackierte Holz.

David Bowie hatte eine Les Paul. Auch Steve Jones von den Sex Pistols. Und jetzt sie! Ella konnte kaum glauben, dass dieses wunderbare Instrument von nun an wirklich ihr gehören sollte. Das Universum war für einmal auf ihrer Seite! Und dieser alfaMK schien vielleicht doch kein so übler Typ zu sein. Ella schnupperte an seinem Sweater. Gut roch er auch noch. Sie tauchte ihre Nase tiefer in den weichen Stoff. So ein bisschen wie der Sandelholz-Fächer, den Romy ihr mal aus dem Urlaub mitgebracht hatte, nur besser. Doch dann zog sie verärgert den Pulli über den Kopf und warf ihn wie einen ekligen Käfer in die Ecke. Nur, weil einer gut roch und eine Gitarre zu viel hatte, war er plötzlich kein Arschloch mehr? Aber egal. Wichtig war jetzt nur eins: den Wettbewerb gewinnen!

12. Kapitel

Bekanntlich geht bei wichtigen Vorhaben nichts über Voraussicht und solide Planung. Das Woolfpack hatte weder das eine noch das andere. Am Tag des Wettbewerbs war Chaos angesagt. Cahide stellte fest, dass sie ihr Keyboard im Übungsraum vergessen hatte. Anaïs verknackste sich beinahe die Hand, als sie gegen einen Türrahmen lief, und Romy, die ihr Auto als Bandbus zur Verfügung stellen wollte, merkte viel zu spät, dass sie erst mal einen Dachgepäckträger für ihr knalltürkises E-Auto besorgen musste. In jedem Fall hatte Romy es geschafft, mit Cahide noch das Keyboard abzuholen und Anaïs und Tim mitsamt Rollstuhl einzuladen: Als Ella am Müllerschen Volksbad vorbei den Kopfsteinpflasterweg zur Muffathalle hinunterradelte, luden die anderen gerade die Instrumente aus dem ultramodernen, aber gefährlich vollgepackten Gefährt. »Krass. Fast so schnell wie ihr«, begrüßte sie ihre Bandkolleginnen.

Dann ließ sie ihren Blick über das Veranstaltungsgelände gleiten. Natürlich kannte sie das Muffatwerk bereits von Konzertbesuchen. Das Areal wurde von einem grazilen Turm mit Jugendstilverzierungen überragt und bestand aus einem Ensemble an historischen Gebäuden, die vor dem Umbau zu Konzerthallen einmal als Wasserwerk gedient hatten. Nur wenige Meter entfernt rauschte ein kleiner Wasserfall und der Biergarten lud zu Brezeln und Leberkässemmeln ein. Bereits jetzt herrschte reges Treiben. Zwischen Touristen und Besuchern liefen zahlreiche muskelbepackte Roadies mit tätowierten Oberarmen herum, sie schleppten Ton- und Lichttechnik aus Transportern ins Innere der Gebäude.

Ella wurde es flau. »Wow. Krass. Da spielen wir? Krass!«

Sie versuchte ihre Nervosität mit den Händen wegzuwedeln und ging tapfer voran. Die anderen folgten ihr, nicht weniger aufgeregt, zum Künstlereingang. Von dort ging es am Pförtner vorbei einen Flur entlang, in dem sich bereits zahlreiche Mädchen und Jungen aufgekratzt schwatzend vor einem Aushang mit den Teilnehmernamen drängten. Hier war fast kein Durchkommen. Tim blieb in seinem Rollstuhl an der Seite, während sich die Mädchen energisch ihren Weg zur Running Order bahnten. Als sie den Aushang erreicht hatten, stimmte im Hintergrund ein gut gelaunter A-cappella-Chor die ersten Takte eines Musikstücks an. Die Rhythmussektion machte

Ta-tschum Ta-tschum
Tatatatschum

Dann setzten die Sänger mit der Melodie ein:

Badadabadaba Badabadaba Badadabadaba
Badabadaba

»A cappella ist ja *sooo* Zehnerjahre«, stöhnte Anaïs und verdrehte die Augen. Aber Ella hörte weder den Chor noch Anaïs. Sie interessierte sich nur für die Liste und drängte hinter Cahide und Romy zum Anschlagbrett. Wer mochten ihre Konkurrenten sein? »Die Mighty Maples!«, rief Cahide. »Die kenn ich. Die sind gut.«

Romy verlas die nächste Band: »Devil's Farts.«

Die Mädchen giggelten. »Krasser Name!«

Nachdenklich zog Cahide die Stirn in Falten. »Wer oder was ist bitte ein alfaMK?«, wandte sie sich an die anderen.

Ella erstarrte. Dann drängte sie sich vor Cahide, um selbst die Namen auf der Running Order zu lesen. Tatsächlich: Da stand alfaMK! Die Geräusche um sie blendeten langsam aus. Das Blut rauschte ihr in den Ohren. Lass das bitte nicht wahr sein, dachte sie. Ganz sicher gab es noch einen anderen alfaMK! Bestimmt! Aber wie wahrscheinlich war das?

»Alfa-Emm-Ka, was soll das überhaupt heißen?«, hörte sie Cahide sagen.

»Vielleicht Alfa-Monkey?«, tippte Romy.

»Safe so Mainstream-Gangster-Rap«, bemerkte Anaïs.

»Der wird schon nicht so cool sein«, kommentierte Cahide und gab seinen Namen in ihr Handy ein. Während Ella mit bebendem Kinn versuchte, auf Cahides Display zu spähen, wandten sich Romy und Anaïs plötzlich abrupt Richtung Eingang. Ella folgte ihren Blicken.

»Ist er das?«, fragte Romy.

AlfaMK, also genau der alfaMK, spazierte mit Gewinnerlächeln und teurem Lässig-Outfit in den Raum. In seinem Gefolge befanden sich aufgedonnerte Fangirls und Typen mit frisch rasierten Gelfrisuren. Alle trugen Klamotten in Weiß oder Creme, dazu irgendwas mit Gold: Käppis, Gürtel oder Kettchen. Der Auftritt war wirklich gelungen. Denn nicht nur Ella starrte ihm baff entgegen, sondern auch ein großer Teil der versammelten Musikermeute. Manche tuschelten. Zu Ellas Überraschung ließ alfaMK seine Begleitung nach wenigen Metern stehen und steuerte direkt auf das Woolfpack zu.

»Oh Gott. Wir werden von 'ner Cola-Light-Werbung angegriffen«, ätzte Romy.

Automatisch richtete Tim seinen Camcorder auf den sich Nähernden. Dieser lächelte betont cool: »Autogramm?«

Erschrocken schwenkte Tim weg. »Äh, nee, danke.«

AlfaMK grinste noch breiter und trat vor Ella. Ohne weiter nachzudenken, ergriff sie seine ausgestreckte Hand. Die Folge war ein auf ihren Handrücken gehauchter Kuss, der sie ganz wuschig zu machen drohte. Hastig zog sie ihre Hand zurück.

»Na, haben wir uns nicht schon mal irgendwo gesehen?«, erkundigte er sich scheinheilig. »Oder siehst du nur meiner Putzfrau verdammt ähnlich?«

Ella hätte ihn zu gerne umgebracht oder zumindest mit einem guten Konter in die Schranken gewiesen. Aber ihr Gehirn meldete lediglich »blank«. »Pffff, Quatsch«, stieß sie hilflos hervor.

»Was ist denn das für 'ne billige Anmache. What the actual fuck?!«, ging Anaïs dazwischen.

»O-kay. Ganz ruhig, Frau Chef-Feministin. Was wär denn deiner Meinung nach angemessen?«, wandte sich alfaMK an Ellas Freundin.

Anaïs zuckte mit den Schultern. »Wie wär's einfach mit ›Hi, ich bin …‹«

»Kannst mich Alpha nennen,« fiel er ihr ins Wort und lächelte breit, »oder AMK, ist dir wahrscheinlich eh lieber.«

Anaïs hatte nicht die geringste Lust, weiter zu diskutieren: »Ich riech schon, was für Mukke du machst: *Yo, yo, isch bin ein Mann, isch versteh keine Gefühle, Bitches dies, Bitches das, isch hab 'ne Knarre aus Gold, bam, bam!*«, freestylte sie. Sie beendete das Gespräch, indem sie sich wegdrehte und demonstrativ mit ihrem Handy beschäftigte.

»Die Fans finden's jedenfalls gut«, gab alfaMK unbeirrt zurück und sah Ella provozierend an. »Meine Putzfrau übrigens auch.«

Ella war inzwischen nur noch mit Fluchtgedanken beschäftigt. »Die Leute finden halt jeden Scheiß gut, wenn …«, stammelte sie unbeholfen.

AlfaMK griff das Stichwort sofort auf: »Wenn was?«, fragte er.

Jetzt schaltete sich Romy ein. Drohend schob sie sich zwischen Ella und den Rapper. »Wenn's um Bitches und Titten geht.«

AlfaMK blieb maximal unbeeindruckt: »Dann wär's wohl besser, ihr zeigt 'n bisschen mehr von euren Titten, wenn ihr hier ernsthaft mitbatteln wollt.«

Ella japste. Sogar Anaïs schienen die Worte zu fehlen. Wann war das je zuvor passiert? Besonders Cahide war fassungslos. Sie konnte mit Grobheiten absolut nicht umgehen. »Dafür kriegste 'nen Hashtag, Mann, irgend 'nen Hashtag!«, rief sie hilflos. Gleichzeitig zog sie die kurzluntige Romy harsch an sich heran, um Handgreiflichkeiten zu verhindern. Dies aus kluger Voraussicht: Denn ihre Freundin ballte bereits die Fäuste. Keines der Mädchen hätte sich gewundert, wenn im nächsten Moment Rauch aus Romys Nasenlöchern geschossen wäre. Als hätte der Rapper sich nicht ohnehin schon genügend Feinde gemacht, musste er gegenüber Ella sogar noch nachlegen: »Deine BFFs sind schon bisschen cringe, oder?« Wieder dieser gespielt überhebliche Blick. »Macht ihr etwa auch Musik? Wie heißt'n ihr eigentlich? Lass mich raten …« Mit diesen Worten sah er auf die Liste und tat so, als würde er die Schrift nur schwer entziffern können.

»*Vagina* Woolfpack?«, las er gespielt mühsam. »Klingt voll feministisch.«

Anaïs machte unbeeindruckt eine große Kaugummiblase und ließ sie vor seinem Gesicht zerplatzen. »Ist das so normaler Synapsen-Durchfall bei dir?«

»Virginia Woolf war 'ne Schriftstelle …«, setzte Cahide an, als ihr alfaMK auch schon das Wort abschnitt: »Ich weiß, wer Virginia Woolf war, aber trotzdem danke fürs Girlsplaining. 'n Bandname, den man erst mal erklären muss. Is natürlich echt voll Indie.«

Jetzt hatte Anaïs endgültig genug. »Kommt, wir gehen. Da will jemand dringend mit seinem Testosteron allein sein.«

AlfaMK grinste, überzeugt, als Sieger aus diesem Battle hervorgegangen zu sein. »Tschüsseldorf«, schickte er Ella noch hinterher, die, in einer Art Schockstarre verharrend, von ihren Freundinnen fortgezogen wurde.

Ella stolperte verwirrt hinterher an die frische Luft. Was war da eben passiert?

»Hey, wie der mit dir redet. *Du siehst aus wie meine Putzfrau!*«, regte Anaïs sich weiter auf. »Das geht gar nicht!«

»Voll!«, stimmt Cahide zu. Ella nickte nur mechanisch. Alle vier scharten sich um Cahides Handy, auf dem sie gerade das Video zu alfaMKs Song »Alles easy immer so« startete.

Erwartungsgemäß posierte er in Rapper-Manier vor einem Luxusschlitten, mit dem er dann die Leopoldstraße rauf und runter fuhr.

Alles easy immer so
Keine Sache
Alles easy immer so
Scheine machen
Was ist mit der Hoe los,
sie will reden – No-Go
Alles easy immer so

City Kids machen wieder harten Stress
Bunte Bricks, Stapel in der Prada-Bag
Feuerzeug komplett VVS für 'ne Kippe
Fanta immer purple, wenn ich sippe

Dann Schnitt. Eine Handvoll Hupfdohlen in Cheerleader-Klamotten machte unter der Kuppel eines Barocksaals Tanzgymnastik. Dann wieder der Rapper. Er hockte in einer mit 500-Euroscheinen gefüllten goldenen Badewanne mit Löwenfüßen.

Alles easy immer so
Keine Sache
Alles easy immer so
Scheine machen
Was ist mit der Hoe los,
sie will reden – No-Go
Alles easy immer so

Mehr brauchten die Mädchen nicht zu sehen. Cahide steckte ihr Handy weg. »Zehntausend Klicks in vier Tagen?«, empörte sie sich.

Ella schüttelte ungläubig den Kopf, dass ihre rotblonden Locken flogen. »Safe gekauft!«

»So Typen wie der sind schuld, dass unsere Welt an' Arsch geht!«, ärgerte sich Anaïs. »Die *Hoe will reden, No-Go*. No-Go sind solche Texte, Mann!«

»So was von!«, stimmte Ella zu.

»Nicht cool!«, kam es von Romy. »Einen auf dicke Hose und nichts im Hirn.« Ella biss sich auf die Lippen. Noch viel weniger cool würden die anderen es finden, wenn sie ihnen erzählte, wo die Gitarre herkam.

»Männer, die Gleichberechtigung der Geschlechter ist auch eure Angelegenheit!«, schimpfte Anaïs weiter. Tim pflichtete ihr eifrig bei und scrollte auf seinem Handy.

»Hey, euer Kanal hat jetzt auch schon ein paar Hundert Follower«, meldete er.

Sofort griff Ella nach Tims Handy. »Was? Zeig her!« Nach einem kurzen, erstaunten Blick reichte sie es an Romy weiter. Tims Kameraarbeit war gar nicht so übel. In ihm schlummerten anscheinend versteckte Talente, von denen Ella bisher nichts geahnt hatte.

»Ich werd nich' mehr!«, rief Romy begeistert.

Nun sah auch Anaïs nach. Beeindruckt hob sie die Augenbraue. »Das sieht ja echt alles voll super aus.«

Tim versuchte gar nicht erst, seine Freude über dieses Lob zu verbergen. Mit glänzenden Augen strahlte er sie an.

Romy sah auf die Uhr. »Sollen wir rein? Es wird langsam Zeit«, fragte sie.

Doch gerade als sich Ella Romy und Cahide anschließen wollte, hielt Anaïs sie am Ärmel fest. »Was war da vorhin los mit dem Hashtag-Typen?«

Ella stellte sich dumm. »Was denn? Was?!«

»Bitte sag mir, dass du den nicht gut findest oder so.« Anaïs sah sie prüfend an.

Ella rief empört. »Neee! Pffff … Quatsch! Never!!«

Aber ihre Freundin blieb skeptisch. »Du warst jedenfalls auch schon mal schlagfertiger!«

»Ich liebe nur dich, Brudi«, versicherte Ella und hielt ihr den Finger hin. Nach kurzem Zögern hakte Anaïs ein. Ella fühlte sich plötzlich unwohl. Als hätte sie gelogen. Aber das hatte sie nicht, oder? Sie hatte nur nicht alles erzählt. Auf jeden Fall war sie heilfroh, als Romy sich aus dem Hintergrund meldete: »Ey, was ist denn, Wölfe?«

13. Kapitel

Das Ampere war der kleinere Club im Muffatwerk und wirkte mit Arbeitslicht und ohne Publikum eigentümlich trist. Als das Pack den Saal betrat, warteten dort bereits die anderen Bands und deren Anhang. Die Anspannung unter den Musikern war mit Händen zu greifen. Manche wuselten herum, redeten und lachten übertrieben laut. Andere starrten nervös auf den Fußboden. Alle brannten darauf, die Details über den Ablauf des Abends zu erfahren.

Ella sah sich um. Ganz vorn stand alfaMK mit dem Rücken zur Bühne. Ihre Blicke trafen sich, ganz als hätte er es darauf angelegt. Ella ließ ihren Blick demonstrativ über ihn hinwegwandern, als hätte sie ihn gar nicht bemerkt. Zum Glück kam nun die Moderatorin auf die Bühne und zog die allgemeine Aufmerksamkeit auf sich. Sie war nicht mehr ganz jung, wirkte aber extrem energiegeladen. Mit ihrer schönen Radio-Stimme wandte sie sich an die Musiker: »So! Ihr Fame-geilen TikTok-Groupies seid sicher alle schon ganz wild auf den Eeeenergyyyyy Song Contest«

Die Teilnehmer antworteten mit lärmendem Applaus und Johlen. Es klang, als würden sie damit vor allem sich selbst in Stimmung bringen. Endlich ging es los!

»Als Erstes werde ich euch alle Teilnehmer vorstellen!«, erklärte die Frau und sah kurz auf ihre Karten. »Mit dabei die letztjährigen Gewinner … die Obertöne!«

Hinten im Saal stimmte der Chor wieder ein Lied an, aber die Moderatorin würgte die Sänger rasch ab. »Aus! Ja. Danke. Dieses Jahr seid ihr zum Glück die einzige A-cappella-Gruppe!«

Die Mitglieder der Obertöne sahen sich enttäuscht an. Zur Aufmunterung erhielten sie jedoch von den anderen Musikern anerkennenden Applaus.

»Außerdem auf der Liste: bitterschmelzender Indie Pop von den Mighty Maples«, fuhr die Moderatorin fort. Ella sah sich um und entdeckte eine Gruppe softer Jungs mit halblangen Haaren und Jeansjacken. Sie stemmten lächelnd ihre Gitarren in die Luft. Auch sie wurden mit Klatschen begrüßt, während die Jungen und Mädchen ihrer Entourage ihnen verliebte

Luftküsse zuwarfen. In den Applaus hinein verkündete die Moderatorin den nächsten Teilnehmer: »Außerdem mit von der Partie: Der Alles-easy-immer-so ALFAMK!« Sie machte die Fingerpistole und richtete sie auf den Rapper.

Der Jubel wurde sofort einen Tick lauter. AlfaMKs Fangirls veranstalteten einen ohrenbetäubenden Kreischalarm, während der Rapper cool posierte und gleichzeitig herausfordernd Richtung Woolfpack und Ella guckte.

»Was hat der denn für'n Problem?«, fragte Anaïs.

»Ganz klar ein Egoproblem«, attestierte Ella, während alfaMK dazu übergegangen war, übertrieben albern Luftgitarre zu spielen. Dann zeigte er mit beiden Zeigefingern auf die Wölfinnen, irgend so eine Art »Check it out«-Geste.

Anaïs hob unbeeindruckt den Mittelfinger.

Die Moderatorin senkte ihre Stimme. »Und dann nicht zu vergessen: Die zarten Wölfinnen von Virginia Woolfpack!«

Die Mädchen beendeten ihr Blickduell mit dem Rapper, rissen die Köpfe in den Nacken und stimmten ein wildes Wolfsgeheul an. Auch sie bekamen Applaus, einige Mitglieder der Mighty Maples stimmten sogar lachend in das Geheul ein.

»Und ein Musiker entführt euch in andere Sphären«, rief die Moderatorin: »Pauli – mit Sound wie nicht von dieser Welt.«

Pauli, ein Typ mit halblangen Haaren in weitem Leinenhemd, Yogahose und Lederbändchen um Hals und Arme, war als Solokünstler gekommen. Er senkte den Kopf und machte eine stille Friedensgeste. Automatisch klatschten die Umstehenden etwas sanfter in die Hände. Nun richteten sich alle Blicke auf die nächste Band, ein Trupp mit Lederjacken und schwarzweiß geschminkten Gesichtern. Ihr Stil lag irgendwo zwischen Horror Punk und Death Metal.

»Straight aus der Hölle: The Devil's Farts«, rief die Moderatorin. Als Antwort stieß die Band aus den Tiefen ihrer Kehlen furchteinflößende Geräusche aus. »Urrrrrrrrrrrr! Uuuuuuurrr!«

Tim war sofort begeistert: »Mega!«

»Und last, but not least ... Brass von Svenja and the Svens ...«, verlas die Moderatorin die letzten Teilnehmer, eine stattliche Männer-Brassband mit ausnahmslos langen Bärten, die von einer jungen Frau angeführt wurde. Die Musiker bliesen kurz, aber kräftig in ihre Trompeten, Hörner und Posaunen. Svenja selbst schien sich jedoch mehr für glattrasierte Rapper zu interessieren. Als der Applaus aufbrandete, folgte Ella jedenfalls ihrem unverkennbar schmachtenden Blick Richtung ALFAMK, der wiederum grinsend zu Ella sah. Erschrocken drehte sie sich weg. Was sollte eigentlich diese ständige Guckerei? Wollte er sie herausfordern oder sollte das etwa so eine Art Flirt sein? Woher hatte er das nur? Gab es mittlerweile ein YouTube-Tutorial: »Hundert garantiert erfolglose Wege, sich in das Herz eines Mädchens zu schmeicheln?«

Da meldete sich wieder die Moderatorin zu Wort.

»Also, es wird so laufen. Erste Runde heute: Alle spielen den Song, den sie für die Vorauswahl eingereicht haben. Dann wird mit Zetteln abgestimmt. Vier von euch kommen ins Halbfinale. Das heißt: Ihr kriegt ein Mikro-Budget für ein Musikvideo, und weil jetzt alles immer irgendwas mit online sein muss, kommen die drei Bands mit den meisten Klicks ins Finale, das dann wieder live hier bei uns im großen Saal der Muffathalle stattfindet. Da heißt es dann: neuer Song, neues Glück – nur vor sehr viel größerem Publikum. Die Sieger laufen mit ihren beiden Songs einen Monat lang in der heavy Rotation auf Radio Energy …«

Sie hielt kurz inne und sah in die Runde: »Radio? Ihr wisst noch, was das ist, oder? Ich hoffe, ihr Traumtänzer habt euch schon bei der GEMA angemeldet. Egal … ihr macht das sicher alle ›für die Kunst‹.«

Die Nervosität im Saal wurde greifbar. Die Bands blickten ernst in die Runde, tuschelten oder versuchten, durch Faxen ihre Aufregung zu überspielen. Allen wurde gerade bewusst, dass es ab jetzt um die Wurst ging.

»Klar so weit? Dann macht die Futterluken zu. Ihr spielt gleich vor fünfhundert Leuten«, vermeldete die Moderatorin und lief winkend von der Bühne.

Ella spitzte noch einmal kurz nach draußen, was ihre Aufregung noch weiter steigen ließ. Denn dort drängte ein aufgekratzter Pulk Richtung Eingang, passierte die Kontrollen und strömte ins Foyer. Es war eine bunte Mischung aus Verwandten, Bekannten und sehr, sehr vielen wildfremden Besuchern, die alle wissen wollten, welche Nachwuchsbands in München so am Start waren und vielleicht bald nationale und internationale Charts stürmen würden.

Schnell lief sie wieder zu den anderen. Auf jeden Fall war es Zeit, Backstage zu gehen. Tim ließ es sich nicht nehmen, das Pack auf Schritt und Tritt zu filmen. Anaïs warf sich aufs Sofa, während Romy nach ihren Sticks griff und nervös auf einem Stuhl herumtrommelte. Seufzend sah sie zu Tim: »Wenn ich mir in die Hosen scheißen sollte, dann schwenk bitte weg, okay?«

Auch Ella hatte Lampenfieber. Behutsam nahm sie die Les Paul aus dem Case. Das edle Instrument zog sofort die allgemeine Aufmerksamkeit auf sich.

»Wow, shiny!«, rief Cahide fasziniert.

»Krass! Wo hast du die her?«, wollte Romy wissen.

»Hab ich ... von den Flintbones geliehen«, log Ella.

Anaïs sah sie verwundert an. »Ich dachte, die haben heute selber 'nen Gig auf irgend'ner Party. Was hast du getan, Ell?«

»Hast du dich für Geld als menschlichen Tisch benutzen lassen?«, wollte Romy wissen.

Ella lachte bemüht: »Come on, wir wollen doch die Leute ein bisschen beeindrucken.«

Cahide seufzte: »Ich hoffe, sie lieben uns.«

Anaïs lachte nur: »Liebe ist was für Boomer.«

14. Kapitel

Das Warten auf den Auftritt war nervenzermürbend, obwohl nur zwei Bands vor ihnen auf der Bühne waren. Durch die Wände hörten sie dumpf Bässe und Schlagzeug der Devil's Farts.

Ungeduldig beobachtete Ella die Zeiger der Uhr, die empörend langsam vorwärtskrochen. In ihrem Kopf fand kein Gedanke länger als eine Sekunde Halt.

»Okay, kommt mal her«, hörte sie Romy sagen. Ella sprang auf. Mit den anderen versammelte sie sich im Kreis, streckte die Hände aus und legte sie in der Mitte auf die der anderen. »Okay, Wolfmuschis, lasst uns Musik machen. Vergesst alles um euch herum, jetzt gilt nur, dass wir liefern«, mahnte Romy. Ella nickte. Sie hörte gar nicht mehr auf zu nicken, so nervös war sie plötzlich. Die Mädchen rissen die Arme in die Luft und heulten, während hinter der Wand ein breitbeiniges Gitarrensolo angestimmt wurde.

»Danach sind wir dran«, sagte Romy und trommelte mit ihren Sticks in der Luft. In diesem Moment erschien auch schon ein Mitglied der Crew und führte die Band hinter die Bühne. Ella spähte seitlich an den rockenden Devil's Farts vorbei in den Zuschauerraum. Er war zum Bersten gefüllt. Besonders vor der Bühne wurde um die besten Plätze gerangelt. Ein paar Roadies hielten das ausgelassene Publikum mit Mühe unter Kontrolle. Ella bekam kaum mit, wie die Devil's Farts ihren Gig beendeten und schwitzend, aber froh an ihnen vorbei Richtung Backstage joggten. Aus der Ferne hörte sie die Moderatorin etwas sagen, dann lief sie mit den anderen auf die Bühne wie in Trance. Trockeneisnebel und ein Scheinwerfer nahmen ihr kurz die Sicht. Romy zählte ein, Ella griff in die Saiten, Anaïs begann zu singen … und dann ging alles wie von selbst.

Die Les Paul lag perfekt in ihren Händen, der druckvolle Sound harmonierte mit Anaïs und ihrer Stimme, als sei sie nur dafür gemacht. Virginia Woolfpack spielten, wie sie noch nie vorher gespielt hatten …

Guck mal über uns
Da oben, wie sie scheinen
Like diamonds in the sky
Diamonds in the sky

Guck, wie high sie sind
Unerreichbar weit
Just blinded by the light
Blinded by the light

Und sie blenden
Bis sie verbrennen

Immer wenn das Licht angeht
Wer kann dich dann sehen
Lonely, lonely, lonely star!

Ella sah die Leute vor der Bühne begeistert mittanzen. Andere standen vor den Frontscheinwerfern und sahen interessiert zu ihnen nach oben. Auch Tim tauchte in ihren Augenwinkeln auf. Er gab alles, um den Auftritt bestmöglich zu filmen. Ein paar Zuschauer halfen ihm mit dem Rollstuhl und bahnten ihm eine Schneise zur Bühne.

Ella fühlte sich plötzlich großartig. Sie wollte nie wieder von der Bühne. Die Welt gehörte ihr und ihren Freundinnen und das Publikum da unten im Saal liebte sie.

Das Ende des Songs kam viel zu früh. Noch einmal legten sie alles in den Refrain.

Immer wenn das Licht angeht
Wer kann dich dann sehen
Lonely, lonely, lonely star!

Das Publikum klatschte im Rhythmus und sang den letzten Vers laut mit. Ella fühlte sich so leicht, sie hätte sich nicht gewundert, wenn sie einfach von der Bühne abgehoben wäre. Als der Applaus aufbrandete, spürte sie Anaïs' Arm um ihre Schultern. Erschöpft und glücklich umarmten sie sich, aber schon musste das Pack wieder Backstage.

Die Moderatorin betrat die Bühne und wirkte sichtlich berührt. »Girl Power! Das waren die Contestants, die gar keine Lonely Stars werden wollen. Fragt sich, ob man als junge Frau in der Musikindustrie so lang lonely bleibt.«

Ella war geradezu high, ein gewaltiger Energiestoß flutete ihren Körper. Sie hätte die Welt aus den Angeln heben können! Doch gerade als sie zurück in die Garderobe wollte, stolperte sie direkt in alfaMK. Der blinzelte ihr seltsam komplizenhaft zu. Das Pack hatte zum Glück nichts davon mitbekommen. Cahide bemerkte lediglich: »Jetzt kommt der Oberaffe.«

Gemeinsam blieben sie einen Augenblick am Bühnenrand stehen und beobachteten, wie alfaMK die

Bühne enterte, hinter seinem Laptop verschwand und seinen Track anschmiss.

»Ein Beat, der aus dem Computer kommt, ist kein echter Beat«, bemerkte Romy verächtlich.

Mehr konnte Ella nicht verstehen, denn die Musik dröhnte nun bis zur Schmerzgrenze.

»Kommt, das schauen wir uns von vorne an!«, schrie Anaïs fingerfuchtelnd und zog die Freundinnen mit sich.

Im nächsten Moment begann die Menge vor der Bühne sich massiv zu bewegen. Denn die Baseline war extrem tanzbar. AlfaMK kam hinter seinem Laptop hervor und begann zu rappen:

Dicka mies, Hose tief, Augen tiefer
Smoke weed, chill auf Street, Girls auf Pieper
Ich mache plus, Kontostand is nie miese
Alles Dior, Dicka, Bitch klebt wie Sticker,
keine Liebe

Drück sie weg, iPhone 12 glänzt wie Felgen,
black on black
Is mein Flex, minimum sind fünf Nullen
auf den Schecks
Meine Stadt gibt kein Fuck,
Benzer Lack abgekratzt

Ich am Steuer fahre Dounts, Shawty sippt am Double Cup

Es war offensichtlich, dass alfaMK den Saal rockte. Es wurde getanzt und gejubelt. Ella hatte noch nie zuvor erlebt, wie es war, wenn das Publikum zu einer einzigen begeisterten Blase verschmolz. Jetzt war es so weit.

Es lagen deutlich The-Next-Big-Star-Vibes in der Luft. Auch Ella ertappte sich beim Kopfnicken. Aber als Romy sie ermahnend in die Seite boxte, hörte sie schuldbewusst wieder auf.

Doch dann geschah etwas, womit Ella niemals gerechnet hatte. Der Refrain setzte ein und sie hörte ihre eigene, mit Auto-Tune bearbeitete Stimme:

Und die Stadt leuchtet blau
Irgendwann komm ich hier raus
200 km/h
Von der Platte zum Star
Und es regnet lila Scheine
Und es regnet lila Scheine
Und es regnet lila Scheine
Lila, lila, lila Scheine

Die Crowd jubelte laut auf. Hände flogen in die Luft. AlfaMK wurde für diese Hook hart gefeiert.

Ella hingegen war wie versteinert. Der Track war super. Aber er konnte doch nicht einfach … das ging doch nicht! Sie warf einen Blick auf ihre Freundinnen. Keine von ihnen schien zu ahnen, wessen Stimme sie da gerade gehört hatten. Sie spürte, wie alfaMK von der Bühne her ihren Blick suchte. Sie zwang sich, ihn nicht anzusehen. Dann begann er wieder zu rappen.

Dreh 'nen Fetten, seh nix mehr, Schädel leer
So viel Lila in den Taschen, zähl nicht mehr
Batzen teilen mit den Jungs, White Nikes Haifisch
Auf entspannt, Ecke treffen, was wir machen, weiß nicht
Dicka mies, Augen schwer, Kopf wird leichter
Sie will Kids, Handy-Drop, nie erreichbar
Baby, schalt den Schmerz aus, Painkiller – Herz taub
Bier kontert Absturz, Leerlauf

Dann setzte wieder Ellas Stimme ein. AlfaMK nahm Ellas Worte auf und shoutete nach jeder Zeile:

Und die Stadt leuchtet blau – BLAU
Irgendwann komm ich hier raus – KOMM ICH RAUS!
84 bpm – 84 BPM

Bis mich jeder kennt – BIS MICH JEDER
KENNT
Und es regnet lila Scheine – LILA
Und es regnet lila Scheine – LILA
Und es regnet lila Scheine
Lila, lila, lila Scheine

Zu Ellas Überraschung sang jetzt auch das Publikum die Hook mit. Sogar Romy grölte: »Lila, lila, lila Scheine!«

Mit den letzten Takten flackerten die Scheinwerfer zuerst kurz grell auf, dann wurde es fast dunkel. Begeisterter Applaus brandete auf. AlfaMK nahm ihn cool entgegen.

Ella hörte Romy anerkennend fluchen: »Damn.«

»Die Texte eher so MEGAWÜRG … aber die Hook auch wieder so … MEGAUNWÜRG …«, bemerkte Cahide ratlos.

Anaïs war außer sich: »Und wo hat er bitte das Sample her? Jede halbwegs intelligente Frau hält sich doch wohl fern von dem Typen!«

Ella biss sich auf die Lippen, während die Moderatorin auf die Bühne hüpfte. »Okay, die Hook war bei der Bewerbung noch nicht drin, aber besser geht immer«, rief sie. »Aber jetzt macht mal ein bisschen Lärm für Pauli!!!«

Das Publikum applaudierte, hatte aber ein wenig Anpassungsschwierigkeiten. Denn Pauli spielte ohne weitere Begleitung auf einer Hang. Mit feinen Fingerbewegungen entlockte er dem Stahlblech zarte, überirdische Töne.

Anaïs war sofort fasziniert: »Voll hypnotisch …«

Auf Ella hatte die Hang hingegen überhaupt keine beruhigende Wirkung. Sie war vielmehr kurz davor zu platzen: »Ich glaub, ich muss mal kurz raus.«

15. Kapitel

Ella flüchtete förmlich nach draußen. Die frische Luft schlug ihr wie ein Eimer kaltes Wasser ins Gesicht. Ihre Ohren dröhnten von der plötzlichen Stille. Sie fühlte sich angekratzt und verletzlich wie noch nie.

Vor dem Gebäude standen einige kleine Menschentrauben. Sie diskutierten lebhaft die Show und ihre Favoriten. Ella ging rasch an ihnen vorbei. Sie wollte jetzt einfach nur allein sein. Verzweifelt versuchte sie, sich zu beruhigen. Aber es gelang ihr nicht. Hätte sie nicht ahnen müssen, dass dieser alfaMK gar nicht flirten wollte, sondern sie eiskalt verarschen würde? Warum war sie nur so naiv gewesen? Diese Einsicht schmerzte sie fast so sehr wie eine andere Sorge: Was, wenn das Pack ihre Stimme erkannte? Sie würden bestimmt glauben, dass Ella die Seiten gewechselt hätte und einen auf Gangster-Rapperin machte. Ja, dass sie ihnen in den Rücken gefallen war und hier gegen ihre eigene Band antrat. Warum machte der Typ alles so kompliziert? AlfaMK durfte auf keinen Fall in die nächste Runde kommen. Am besten, er würde ganz von der Bildfläche verschwinden.

Aber das Gegenteil war der Fall.

»Steht dir gut, meine Gitarre«, hörte sie plötzlich seine Stimme. Wütend fuhr sie herum: »Das war …«

AlfaMK grinste. »Richtig geil?«

»Das war meine Stimme«, beschwerte sich Ella.

Der Rapper blieb cool: »Ich hab sie gekauft. Schon vergessen?«

»Das wirkt jetzt so, als wär das dein Text.«

»Ey, im Gegensatz zu gewissen Leuten habe *ich* nicht so getan, als würden wir uns nicht kennen.« Seltsamerweise klang das zwar vorwurfsvoll aber irgendwie auch verletzt. Ella sah ihn erstaunt an. Doch bevor sie darauf antworten konnte, rief in einiger Entfernung eines seiner Fangirls nach ihm: »Leon! Aaaaalfa!! Kommst du?«

»Schätze, mein Typ ist gefragt. Immer schön voten, ne«, verabschiedete er sich, indem er Ella einen Abstimmungszettel in die Hand drückte. Auf ihm war schon das Kreuz für alfaMK gemacht. Daneben stand mit Edding geschrieben: »Featuring Ella«. Ungläubig starrte sie auf den Zettel. Was für ein Idiot! Was, wenn die Band jetzt davon erfuhr? Warum ließ er ihre Beteiligung nicht gleich über Lautsprecher ausrufen?! Oder von einem Kunstflieger in den Himmel schreiben? Wusste er denn wirklich nicht, was er damit anrichtete?

In banger Erwartung kehrte Ella in die Garderobe zurück und hörte als Erstes Cahides Stimme, die zu Romy sagte: »Für Ella ist es voll wichtig, dass wir heute gewinnen.« Wieso nur für sie? Für die anderen etwa nicht? Still setzte sie sich zu Anaïs, die mit den anderen quatschend auf das Ergebnis wartete und wie immer cool wirkte. Ella hingegen konnte ihre Unruhe kaum verbergen. Sie war hin- und hergerissen. Sollte sie nicht einfach geradeheraus sagen, was Sache war? Eigentlich war das ja immer die beste Idee. Aber sie schwieg. Vielleicht kam alfaMK auch gar nicht in die nächste Runde …?

Cahide und Romy traten nervös von einem Bein auf das andere.

»Meint ihr, das hat gereicht?«, fragte Romy.

Anaïs lächelte: »Erwarte das Urteil des Universums, Brudi.«

»Die Leute sind bei dem Alphadeppen krass abgegangen«, ärgerte sich Romy.

»Wir auch«, erinnerte Anaïs sie. Aber mit einem Blick auf Ella fügte sie schnell hinzu: »Wir kommen auf jeden Fall in die nächste Runde!«

In diesem Moment schaute jemand von den Devil's Farts durch die Tür und gab Bescheid: »Die haben die Stimmen ausgezählt.«

Jetzt gab es kein Halten mehr. Sofort sprangen Cahide und Romy auf. Gemeinsam rannten sie Richtung Halle, in der sich schon fast alle Teilnehmer versammelt hatten. Anaïs und Ella folgten ihnen. Sie stellten sich zu den anderen vor die Bühne, auf der sie eben noch performt hatten. Die meisten um sie herum waren komplett aufgedreht und plapperten wild durcheinander.

Die Crowd bekam gar nicht mit, dass die Moderatorin bereits ungeduldig auf der Bühne stand. Sie wartete demonstrativ mit dem Fuß wippend, dann verdrehte sie genervt die Augen. »Ruhe! RUHE JETZT!«, rief sie wie eine Dompteurin im Zirkus. Sofort wurde es etwas leiser im Saal, aber ein nervöses Grundgemurmel blieb. Die Moderatorin schnaufte und hob die Hand mit dem Briefumschlag. »Das Ergebnis liegt nun vor, wollt ihr es hören oder nicht?«, fragte sie mahnend.

Das wirkte. Augenblicklich wurde es mucksmäuschenstill. Man hätte die sprichwörtliche Stecknadel zu Boden fallen hören können.

»In die nächste Runde schaffen es …«, verkündete die Moderatorin und legte eine Kunstpause ein: »AlfaMK!«

Während die Gangster-Rap-Fraktion vor Begeisterung explodierte, verdüsterte sich Ellas Stimmung sichtlich. Grimmig starrte sie auf den Boden.

»Fick dich, Universum!«, ächzte Anaïs.

Einige der Woolfpack-Fans begannen zu buhen. Sie waren mit der Entscheidung ebenfalls nicht einverstanden.

Der Moderatorin reagierte genervt: »JETZT HALTET ENDLICH MAL ALLE DIE KLAPPE!«

Augenblicklich beruhigte sich der Saal wieder.

»Sorry!« Die Moderatorin pustete sich den Pony aus der Stirn und fuhr fort. »Also. Außerdem kommen weiter: The Devil's Farts, Mighty Maples und …«

Ella spürte einen tonnenschweren Stein auf ihrer Brust. Sie war sich nicht sicher, was sie sich wünschen sollte. Weiterkommen oder das Weite suchen? Mit einem Seitenblick bemerkte sie, dass für Romy, Cahide und Anaïs vollkommen klar war, was sie wollten. Erwartungsfroh starrten sie geradeaus Richtung Bühne. Die Moderatorin sah auf ihre Karten und ließ sich genüsslich Zeit, bevor sie verkündete: »… Virginia Woolfpack!!!«

Cahide, Romy und Anaïs rasteten aus, sie brüllten laut ihre Freude heraus. Ihre Fanbase tanzte und sprang um sie herum.

»Weiteeerrrrr!« Anaïs riss die geballten Fäuste hoch und genoss den Triumph sichtlich, während Romy bereits konkrete Pläne hatte: »Rudelbesäufnis!!!«

Nur Ella sah sich hilflos um. Wenn bloß nicht ständig dieser alfaMK in ihre Richtung schauen würde. Sie wusste wirklich nicht mehr, was sie fühlen sollte. Klar war nur, dass sie mit diesem Erfolg gleichzeitig in der Tinte saß, und zwar richtig. Das Kreischen und Jubeln drang wie aus weiter Ferne an ihr Ohr. Tim, der alle Mühe hatte, Freude und Gewusel allumfassend aufzuzeichnen, ließ erschrocken die Kamera sinken, als er auf sie schwenkte. Offenbar war ihr anzusehen, wie durcheinander sie war. Schließlich bemerkten auch die anderen, dass mit Ella etwas nicht stimmte.

»Was ist mit dir?«, fragte Cahide besorgt.

»Ich muss in den Turm«, erklärte Ella und war froh um die Ausrede. Sie wollte und konnte jetzt einfach nichts erklären. Romy packte sie um die Hüfte und zog sie fest an sich: »Kein Problem, wir feiern später!«

Auch Cahide und Anaïs umarmten Ella bis zur Rippenquetschung. Die Mädchen waren vom Adrenalin zu taub für Feinheiten. Lachend holten sie ihre Instrumente und tanzten zu Romys Auto.

»Wir kriegen dich schon noch mit reingequetscht, irgendwie«, meinte Romy zuversichtlich.

Aber Ella winkte ab. »Ne. Ich hab mein Rad. Passt schon. Ihr fahrt los und macht euch'n schönen Abend.«

Anaïs seufzte: »Ey, nach dem Mega-Gewinn in den Pizzaturm.«

In diesem Moment kam ausgerechnet alfaMK mit seinen Leuten vorbei. »Yo. Pizzaturm. Ist das der Place to be, oder was?«, wandte er sich feixend an Anaïs. Doch diese sparte sich die Antwort und gab ihm stattdessen den Blick des Todes. Der Rapper riss abwehrend die Hände hoch. »Ich versuch nur, freundlich zu sein«, grinste er und zog weiter.

»Ja. Dann sei woanders freundlich«, rief Anaïs ihm nach.

Ella wusste nicht, was sie sagen sollte. Ihre Gefühle waren ein einziges Chaos. Hieß es nicht, man solle vorsichtig sein mit dem, was man sich wünschte? Scheinbar war an dem Sprichwort etwas dran. Rasch schloss Ella ihr Rad auf und verabschiedete sich von den anderen. »Ich schwing mich, okay? Tschüsseldorf.«

Sie hörte noch, wie Anaïs ihr verständnislos nachrief: »Tschüsseldorf? Was soll'n das schon wieder heißen?« Aber Ella trat nur fester in die Pedale.

16. Kapitel

Pünktlich zur Spätschicht stand Ella in ihrer Arbeitskluft aus fingerdickem rot-weißem Polyester im Pizzaturm hinter der Kasse. Um diese Uhrzeit war nicht mehr viel los. Lediglich ein paar angetrunkene Partygänger verirrten sich noch in das Schnellrestaurant. Die ganze Situation schien Ella irgendwie unwirklich. Das gleißende Neonlicht, das leise Summen der Gefrierbox und die nachtdunklen Fensterscheiben verstärkten ihre schräge Stimmung. Aber immerhin hatte sie Zeit, einen Blick auf ihren Auftritt zu werfen.

Auf dem Handy waren nicht viele Details zu erkennen. Aber da war sie an der Gitarre, konzentriert und in der Musik versunken. Romy energiegeladen am Schlagzeug, die wunderschöne Cahide wie ein flimmernder Glücksstern hinter dem Keyboard. Dann Anaïs' Stimme und ihre Background-Vocals: vibrierend und voller Gefühl. Sie alle bildeten eine runde, funkelnde Einheit. Sofort fühlte sich Ella ein bisschen weniger verzweifelt.

Also wagte sie es – und klickte auch alfaMKs Video an. Es war schon hundertfach gelikt worden. Die Kamera war zunächst ausschließlich auf das Gesicht des Rappers gerichtet, der Ton durch die Lautstärke ein wenig verzerrt. Aber trotzdem waren sofort diese ganz besonderen Vibes zu spüren, die sich auf die Menge vor der Bühne wie von Zauberhand übertrugen. Ella musste zugeben: Der Typ hatte Talent. Eine sehr gute Ausstrahlung, ja und leider auch extrem gutes Aussehen. Der Track war zudem tricky gebaut und gleichzeitig eingängig. Das war nicht nur Vorsprung durch Technik. AlfaMK wusste – zumindest bei der Musik –, was er tat, das musste Ella neidlos anerkennen.

Dann kam ihr Sample. Atemlos lauschte sie auf jedes Wort. Verdammt! So mit Abstand betrachtet, war das wirklich ziemlich gut. Gut gesungen, gut bearbeitet, gut eingesetzt. Auf ihre Lippen schlich sich ein kleines Lächeln. Offenbar hatte sie Talente, die sie bisher nicht zu zeigen gewagt, ja, von denen sie nicht einmal gewusst hatte, dass sie irgendwo tief in ihr versteckt schlummerten! Und ja, tatsächlich hatte sie schon einmal damit geliebäugelt, selbst zu texten, selbst zu singen. Immer wieder hatte sie Zeilen im

Kopf, die sie dann doch nicht aufschrieb. Weil sie zu kritisch war. Weil sie es sich nicht zutraute.

Ella spürte einen unerwarteten Energieschub. Sie nahm einen Notizblock und beschloss, ein paar Zeilen festzuhalten, die ihr bereits ein paar Tage im Kopf herumgingen. Also schlug sie die Seiten auf, notierte, korrigierte, strich … Sie war so sehr bei der Sache, fast hätte sie nicht bemerkt, wie ein Kunde den Laden betrat. Ohne aufzuschauen, spulte sie ihren Standardsatz ab: »Herzlich willkommen im Pizzaturm, dem Heim märchenhaft guter Pizzen. Was kann ich für Sie tun?«

»Schickes Outfit«, begrüßte sie alfaMK. Ella verdrehte die Augen. Sofort war ihre ganze Wut wieder da. Diese Selbstgefälligkeit, einfach zum Kotzen!

»Wo sind deine Groupies?«, wollte sie wissen. »Oder hast du die auch gekauft?« Am liebsten wäre sie ihm ins Gesicht gesprungen. Aber ausgerechnet jetzt kam ihr Chef aus der Küche. Ella schaltete in den Kundenmodus: »Herzlich willkommen im Pizzaturm, dem Heim märchenhaft guter Pizzen, was kann …«, flötete sie. Sobald ihr Chef außer Hörweite war, zischte sie: »Du kannst nicht einfach meine Hook in deinen Song reinsetzen!«

»Sieh es als Kompliment«, erwiderte alfaMK. Überraschenderweise klang er, als meinte er es vollkommen ehrlich. Ein geklauter Text war für ihn ein Kompliment. Schon mal was von Copyright gehört?

»Ich seh es vor allem als …«, setzte Ella an. Aber wieder wurde sie von ihrem vorbeilaufenden Chef unterbrochen.

»Zitronenlimonade oder Mango …«, erkundigte sie sich mit Schmeichelstimme, um leise hinterherzuzischen: »Betrug!«

AlfaMK grinste: »Mangobetrug?«

Ella schnaufte. »Bestell was oder hau ab!«

Aber er hatte nicht im Geringsten vor, abzuhauen: »Komm schon. Waffenruhe. Wie krass haben die Leute bitte unseren Song gefeiert?«

Warum hatte Ella plötzlich das Gefühl, dass er das alles wirklich aufrichtig meinte? Offenbar ging er davon aus, dass der Track so etwas wie ihr Gemeinschaftsprojekt war. Ella blieb vorsichtig. Auf keinen Fall wollte sie sich von ihm einwickeln lassen.

»Das ist nicht unser Song!«, stellte sie deshalb klar.

Doch da zog alfaMK etwas hinter seinem Rücken hervor. »Ich hab uns den Glitter-Schampus besorgt, den du so gern magst«, erklärte er und machte einen Welpenblick. »Weißt schon: Nanana Gold … Gold in mein'm Glas, Gold in mein' Venen, Gold um mein' Hals, goldener Käfig«, rappte er. »Auch nicht so schlechte Lines.«

Ella versuchte, nicht zu lächeln. Doch es misslang. Der Typ wusste einfach zu gut, wie er charmant rüberkommen konnte. Verdammt!

AlfaMK triumphierte: »Aaaaaah, warte mal, bewegt sich da was?« Er beugte sich weiter zu ihr über die Theke. »Bewegt sich da was … jaaaaaaa! Sie lächelt!!!«

Jetzt konnte Ella es nicht mehr verbergen. Sosehr sie sich bemühte, die Augen böse funkeln zu lassen – ihr Lächeln wurde immer breiter. Irgendwie hatte er es geschafft, dass sie ihn nicht mehr zur Hölle, sondern nur noch in die Wüste wünschte. Tief in ihrem Herzen tat es ihr nämlich doch gut, dass er sich um Schadensbegrenzung bemühte. Und immerhin war er extra hergekommen.

»Wir sollten noch einen Song machen«, sagte er nun. Ella lachte auf. Offenbar betrachtete er sie wirklich schon als festes Team.

Doch bevor sie etwas erwidern konnte, kam Hans-Herbert schon wieder aus der Küche geschossen.

Blitzschnell schaltete Ella in Service-Modus. »War's das?« Aus den Augenwinkeln sah sie, dass der Imbiss-Chef sie misstrauisch beäugte.

Der Alfa-Rapper spielte tatsächlich mit. »Ja, das ist alles.«

Ella setzte wieder ihr strahlendes kommerzielles Lächeln auf. »Das macht dann vierzehn fünfundneunzig.«

Erst als alfaMK den Geldbeutel zückte, verschwand Hans-Herbert endlich von der Bildfläche und der Rapper schob ihr anstelle eines Geldscheins eine Visitenkarte zu. NewName Records stand darauf. »Hier. Hab ich heute bekommen.«

Ella starrte auf die Karte.

»Is'n Label. Die wollen uns kennenlernen.«

Ella sah ihn erschrocken an: »Hast du denen etwa erzählt, dass das meine …?«

Er schüttelte rasch den Kopf. »Nee, keine Angst! Ich hab keinem von irgendwas erzählt. Die haben halt nach der Sängerin aus der Hook gefragt. Aber … ich kann auch ohne dich da hingehen. Ist Donnerstag, siebzehn Uhr.«

Ella schüttelte den Kopf. »Vergiss es.« Sie konnte unmöglich ihr Pack im Stich lassen.

Aber alfaMK ließ nicht locker. »Dann lass uns wenigstens noch einen Song machen, okay?«

Ganz schön hartnäckig. Offenbar war ihm die Sache wichtig. Im Grunde schmeichelte es ihr, dass er sie als Sängerin ernstnahm. Sie war noch nie von anderen Musikern nach einer Kollaboration gefragt worden. Aber warum musste das hier und jetzt passieren? Und ausgerechnet mit einem Typ, der solche Texte sang. Der sie im Contest praktisch gegen sich selbst ins Rennen geschickt hatte. Wenn das Pack das jemals erfuhr – besser nicht dran denken.

Sie musste ihn jetzt auf der Stelle loswerden, bevor sie noch etwas sagte, was sie gar nicht wollte. »Was ist, wenn ich auf deine Beats überhaupt nicht stehe, hä? Die Bässe sind übertrieben deep«, behauptete sie deshalb.

AlfaMK lachte. Dann lehnte er sich über den Tresen dicht zu Ella und sagte spöttisch: »Das ist Bassismus!« Dabei grinste er frech. Und schon lief er lachend Richtung Ausgang. Dort drehte er sich noch einmal um und zwinkerte ihr zu.

In diesem Moment kam ein Lieferdienstfahrer in den Pizzaturm. Automatisch griff Ella in die Wärmebox nach den vorbereiteten Kartons. »Vier Calzone, richtig?« Ella reichte ihm die Bestellung.

»Gibt's hier seit Neuestem auch Champagner?«, fragte der Fahrer überrascht.

»Ne. Ähm.« Rasch nahm Ella die Flasche und stellte sie außer Sichtweite auf den Boden. Dabei fiel ihr auf, dass alfaMK nicht nur den Champagner, sondern auch die Visitenkarte auf dem Tresen gelassen hatte. NewName Records. Ella steckte sie in die Hosentasche.

17. Kapitel

Kaum war alfaMK verschwunden, legte sich eine ohrenbetäubende Stille über den Turm. Es war, als wäre ein Wirbelsturm durch den Raum gegangen und verpufft. Ella atmete durch. Ihr Herzschlag begann sich langsam wieder zu beruhigen. Sie konnte kaum glauben, was in den letzten acht Stunden alles passiert war. Nicht nur, dass das Pack vor fünfhundert Leuten gespielt hatte und eine Runde weiter war. Wenn sie wollte, konnte sie am Donnerstag mit dem Chef eines richtigen Labels sprechen und Teil von alfaMK werden. Sehr wahrscheinlich würde dies den Beginn einer Musikkarriere bedeuten. Sie bräuchte sich um die Zukunft keine Sorgen mehr machen … unglaublich!

Aber natürlich wollte sie keinen Plattenboss sprechen und schon gar nicht wollte sie Teil von alfaMK werden! Was für eine Idee! Niemals würde sie das Pack im Stich lassen. Das war ja wohl keine Frage. Oder?

In Ellas Kopf herrschte immer noch Chaos, Gedanken und Gefühle wirbelten durcheinander. Immer wieder sah sie alfaMK vor sich, der zu ihrer Hook sang, das Publikum, das ausgerastet war – und das Pack, das entgeistert nach dem Oberaffen fragte. Er mit der Champagnerflasche im Pizzaturm, das freche Grinsen, sein Blick ... Sie versuchte, ihre Gefühle in den Griff zu kriegen, um wieder klar zu denken. Aber irgendwie hatten die Ereignisse sie völlig überrollt. Und so schob sie weiter Pizza und Cola über den Tresen, notierte ein paar Gedankenfetzen und räumte das Eisfach um, bis sie endlich Feierabend hatte.

Erleichtert trat sie aus dem Pizzaturm und atmete die frische Nachtluft ein, als sie ein schriller Schrei heftig zusammenzucken ließ: Anaïs, Romy und Cahide sprangen kreischend aus der Dunkelheit.

»Einmal Ellapizza mit Ellatomaten und Ellasoße!«, rief Romy und rannte auf sie zu.

»Ich krieg heute noch ’nen Herzinfarkt!«, beschwerte sie sich, aber da wurde sie auch schon von ihren Freundinnen aufs Heftigste niedergeknuddelt.

»Ohne dich ist es nicht dasselbe!«, rief Cahide.

»Jeesus! Ist ja gut, ich komm doch schon mit!«, gab sich Ella geschlagen. Obwohl sie genervt tat, war sie insgeheim mehr als froh, dass ihre Freundinnen doch noch auf sie gewartet hatten. So ließ sie sich bereitwillig von Romy auf deren Rücken laden und zum Parkplatz tragen, wo ihr knalltürkises E-Auto wartete. Tim hatten die Mädchen bereits zu Hause abgesetzt, sodass auch Ella Platz in Romys Wagen fand. Das Fahrrad wurde aufs Dach gepackt.

Weder Romy, Cahide noch Anaïs hatten von ihrer Partystimmung etwas eingebüßt. Romy setzte sich hinters Steuer und stieg beherzt aufs Gas. Der Wagen machte einen mächtigen Sprung nach vorn. »Uppsi!«, entschuldigte sie sich. Dann ging es richtig los. Mit offenen Fenstern und ohne Ziel fuhren sie quer durch die Stadt. Alle wünschten sich abwechselnd ihre Lieblingslieder, die auf voller Lautstärke abgespielt wurden. Melancholisch und kitschig, krachend und rockig – jeder Track perfekt für diese herrliche Sommernacht. Das Pack sang jede Zeile mit. Das Leben war plötzlich wieder ganz leicht und schön. Die Straße gehörte ihnen allein. Cahide und Ella lehnten sich weit aus den Fenstern, winkten den Wenigen, die noch unterwegs waren. Über das Dach griff die Freundin nach Ellas Hand. In diesem Moment wurde ihr wieder einmal schmerzlich bewusst, dass es nicht nur das Musikmachen war, das sie so sehr liebte. Es waren vor allem ihre wunderbaren, komischen, liebenswerten und ganz und gar einzigartigen Freundinnen, auf die sie niemals im Leben verzichten wollte.

Es war diese große und besondere Freundschaft, die sie durchs Leben trug. Sie war wie ein warmer, freundlicher Bannkreis, der das Hässliche und Böse in der Welt davon abhielt, ihr zu nahe zu kommen. Was für ein Glück sie doch hatte! Da konnten tausend Plattenlabels und eine Million alfaMKs kommen, zwischen Ella und das Pack passte kein Blatt!

Irgendwann sehr spät landeten sie auf dem Dach des Bahnhäuschens am Großmarkt. Der Backstein war von der Tageshitze noch angenehm warm, während über ihnen ein frischer Wind kleine Wolkenfetzen über den nachtschwarzen Himmel trieb. Das Pack lag mit Chips, Bier, Sekt und Schokolade auf den Sofas und bestaunte die Sterne. Ein perfekter Abschluss für eine perfekte Nacht. Ella nahm ihre Ukulele und spielte ein paar Akkorde. Dann begann sie zu singen. Erst leise, dann selbstbewusster.

Schließ die Augen
Freier Fall
So jung werden wir
Nie wieder sein

Anaïs richtete sich elektrisiert auf. »Seit wann schreibst du Texte? Geil!«

»Das ist voll schön, sing weiter!«, bat Cahide.

Lass uns glauben und scheitern
Aufstehen und weiter
Kippenglut und Benzin
Billigwein, Aspirin
Mit den Wölfen auf den Straßen sing'n
Und wir schrei'n in den Wind.

Romy begann den Takt zu schlagen.

Anaïs griff zum Bass. »Hast du auch 'ne Hook?«

Ella lächelte. Sie sang:

Ich will meine Fehler
Ich will meine Fehler
Ich will meine Fehler richtig machen

Die Hook war so überzeugend eingängig, Anaïs, Romy und Cahide griffen sie sofort auf. Gemeinsam sangen sie:

Ich will meine Fehler
Ich will meine Fehler
Ich will meine Fehler richtig machen

Anaïs war tief beeindruckt. »Alter, Ella … das ist ein verdammter Hit! Davon lassen wir Tim ein Video drehen, gleich morgen.«

Ella strahlte. Sie nahm ihr Notizbuch. »Ich schreib das kurz auf …«

Cahide sah hinauf in die Sterne. »Oh Mann … am liebsten würde ich das einfrieren. Das jetzt. Hier. Mit euch«, sagte sie traurig. »Ich werd euch so vermissen nach dem Abi …«

Ella hielt schockiert inne. »Wieso vermissen? Wölfe bleiben ihr Leben lang zusammen …«

Cahide wirkte plötzlich verlegen. »Na ja. Romy muss wahrscheinlich irgendwann in den Knast, weil sie besoffen in eine Kneipenschlägerei reingezogen wird oder so«, erklärte sie und küsste Romy liebevoll auf den Mund.

Romy nickte: »True.«

Ella sprang vom Sofa: »Mal im Ernst jetzt. Aus uns kann doch was werden … aus unserer Musik. Also so richtig! Wir machen nach dem Abi einfach genauso weiter … wir gehen zu 'nem Label und machen nur noch die Band!«

Um sie herum herrschte betretenes Schweigen. Ella stutzte. »Was?«

Romy, Cahide und Anaïs sahen einander an. Ella spürte, dass etwas nicht stimmte.

»Also … na ja. Genauso weitermachen … weiß nicht«, stammelte Cahide verlegen.

Anaïs stupste sie an: »Sag's ihr.«

Ella lief es kalt über den Rücken: »Was denn?«

Cahide seufzte. »Also … ähm … ich hab'n Ausbildungsplatz als Pflegerin in einer Klinik in Hamburg für ein Jahr, also … ich geh nach'm Abi erst mal weg … nach Hamburg.«

»Und ich geh mit. Ist ja klar«, fügte Romy hinzu.

Ellas Gehirn weigerte sich, die Aussage zu verstehen. »Aber wie sollen wir mit der Band weitermachen, wenn ihr in Hamburg seid?«

»Was willst du'n nach'm Abi machen?«, fragte Cahide.

»Weiß nicht. Ich dachte Musik! Mit euch.« Unsicher suchte sie Anaïs' Blick. Aber die sah sie genauso an wie Cahide. Sie war auf einmal so fern, in einer anderen Galaxie. Und das nach diesem Tag, nach ihrem Riesenerfolg. »Ist das euer Ernst jetzt? Was ist'n, wenn wir hier gewinnen?« Ella hatte das Gefühl, als ob ihr der Boden unter den Füßen weggezogen wurde.

»Dann haben wir allen gezeigt, was richtig guter Sound ist!«, erklärte Anaïs.

»Und was machen wir in der nächsten Runde?« Romy sah die anderen angriffslustig an.

»Den Affen besiegen!«, rief Cahide und stimmte Wolfsgeheul an, in das Anaïs und Romy sofort einfielen.

Ella sah ihre Freundinnen entgeistert an. »Aber wir machen das doch nicht nur deswegen.«

»Na ja und um 'ne gute Zeit zu haben zusammen, oder? Ich mein, solang wir noch zusammen sind«, erklärte Cahide.

»Hamburg. Wow.« Fassungslos schüttelte Ella den Kopf.

»Wir facetimen einfach die ganze Zeit«, versuchte Cahide sie zu trösten.

»Toll«. Ella hatte Mühe, nicht loszuheulen.

»Wolf-Videochat«, fügte Romy hinzu.

Jetzt schaltete sich Anaïs ein: »Hauptsache, wir bleiben wir.« Sie hielt Ella den kleinen Finger hin. »Ey, wir bleiben wir? Versprochen?«

Ella nickte und hob den kleinen Finger. »Versprochen.« Sie ließ die Umarmungen ihrer Freundinnen über sich ergehen und bemühte sich, zu lächeln. Der Moment war wohl einfach zu perfekt gewesen.

18. Kapitel

Den Rest der Nacht über hatte Ella zu verbergen versucht, wie unfassbar verletzt sie war. Am schlimmsten an der ganzen Geschichte war für sie aber nicht einmal die Tatsache, dass Cahide nach Hamburg ging. Viel mehr traf sie, dass das Pack ihr nichts davon erzählt hatte. Ella fühlte sich schmerzlich hintergangen – ausgerechnet von den Menschen, die ihr alles bedeuteten. Offenbar wussten alle genau, was sie im Leben wollten, wo ihr Platz war. Und sie selbst spielte keine Rolle darin. Alles, was Ella sich für ihre Zukunft vorgestellt hatte, war gerade zerplatzt wie eine Seifenblase. Noch nie zuvor hatte sie sich so einsam und verloren gefühlt. Während die anderen auf der Heimfahrt noch gemeinsam herumalberten, sah sie nur traurig aus dem Fenster. Eine Träne lief ihr über das unbewegte Gesicht, die sie hastig wegwischte.

Als sie am frühen Sonntagmorgen endlich in ihrem Bett lag, war an Schlaf kaum zu denken. In ihrem Kopf ratterten die Gedanken im Kreis. Warum hatten ihr die Freundinnen nicht schon viel früher von Hamburg erzählt? Warum erfuhr sie als Letzte diese wichtige Nachricht? Wie konnten sie das nur so lange vor ihr geheim halten? War ihre Freundschaft vielleicht gar nicht mehr so eng, wie Ella die ganze Zeit gedacht hatte?

Völlig zermartert stand sie gegen Mittag auf. Ihr Kopf schmerzte und übel war ihr auch noch. Das Leben fühlte sich wie Weltuntergang an. Sie wäre jetzt gern allein gewesen. Stattdessen musste sie sich anhören, wie Tim Fruit Loops aus einer Schüssel pickte und bei jedem einzelnen bemerkte: »Das hat die Farbe von Anaïs' Rucksack« oder »Und das die Farbe von ihren Ohrringen.«

Ella rollte mit den Augen. Anaïs hier, Anaïs da. Tims Verliebtheit ging ihr langsam gehörig auf die Nerven, doch sie war heute viel zu kraftlos, um ihn anzuschnauzen. Zu allem Überfluss warf er jetzt auch noch einen Fruit Loop nach ihr.

»Warum ziehst du denn so 'ne Schnute, Sis? Ihr habt doch gestern gewonnen.«

Ella hatte wirklich keine Lust, etwas zu erzählen. »Nix. Bloß müde.«

»Sag mal, wo hast du diese krasse Gitarre wirklich her, auf der du gestern gespielt hast«, wollte Tim wissen.

»Geht dich gar nix an«, gab Ella zurück. Doch dann fuhr sie erschrocken auf. Wie hatte sie das teure Instrument aus den Augen lassen können! »Wo ist die überhaupt? Ihr solltet die doch mit hochnehmen?«

Tim sah verlegen in seine Schüssel. »Ja … das …« Ella verstand nicht. Was war so schwer daran, einfach mal zu antworten? Tim zeigte vielsagend in den Flur. Von null auf hundert war Ella aufgesprungen und aus dem Zimmer.

Mit unglaublicher Erleichterung entdeckte sie die Gitarre wohlbehalten an der Wohnungstür. Ihr fiel ein Stein vom Herzen. Als sie jedoch das Windspiel mit Glöckchen auf der Gitarre bemerkte, wusste sie, dass Ärger anstand. Obwohl sie sich bemühte, es vorsichtig hochzuheben, klingelten die Glöckchen lautstark gegeneinander. Keine Sekunde später stand auch schon ihre Mutter mit ungewohnt strengem Blick hinter ihr.

»Du kommst mal schön hierher jetzt«, dirigierte sie Ella mit gummibehandschuhter Hand zu sich. Was war denn auf einmal los? Perplex folgte sie ihr ins Wohnzimmer. Dort saß Andrea, die unscheinbare Nachbarin aus dem fünften Stock, der ihre Mutter gerade die überlangen Nägel aufwendig mit Glitzerstickern verziert hatte. »Komm, Andrea. Wir lassen das heute am besten mal draußen vortrocknen«, erklärte Ellas Mutter nun und bugsierte die verblüffte Nachbarin kurzerhand auf den Balkon.

»Hi, Andrea, die Nägel sehen echt super aus«, rief Ella noch hinterher.

»Ja?«, fragte Andrea unsicher »Ich hoffe, das gefällt dem Kai dann auch.«

»Aber du machst es ja nicht für Kai, du machst das für dich, gell!«, rief Ellas Mutter nur und schob auch schon mit Schwung die Balkontür hinter Andrea zu. Dann drehte sie sich wütend um, kam auf Ella zu und zog sich energisch die Einmalhandschuhe von den Händen: »Sag mal, kannst du mir erklären, wieso dein Bruder mit einer Gitarre nach Hause kommt, die 1900 Euro kostet?«

Ella war perplex. »Woher weißt du denn, wie viel die kostet?«

»Vielleicht weil der von-Bergen-Junge genau das gleiche Ding hat?«

»'ne Gitarre ist nicht einfach bloß 'n Ding«, erwiderte Ella verständnislos.

»Ist das die Gitarre von dem Leon?«

Ella kam sich wie in einem schlechten Film vor. Aber langsam dämmerte ihr, was ihre Mutter dachte. »Fuck!«

Ihre Mom war kurz vorm Explodieren: »Ja, ›Fuck‹! Was ist, wenn ich meinen Job da verliere?«

Really? Glaubte ihre Mutter wirklich allen Ernstes, dass sie die Gitarre geklaut hatte? Hatte sie so wenig Vertrauen zu ihr? »Die hat er mir gegeben ...«, setzte Ella an, doch sie erntete nur ein entschiedenes Kopfschütteln.

»So ein Quatsch. Der liebt das Ding. Will mir da doch ständig irgendwelche Sachen drauf vorspielen. Ich weiß, wir haben nicht viel. Aber das macht es nicht okay, irgendwo was zu klauen. Auch nicht bei den von Bergens!«

Ella atmete tief durch. Was für ein Albtraum! Ihre Mutter hielt sie also für eine Diebin. Am liebsten wäre sie jetzt vor Wut und Enttäuschung schreiend davongelaufen. Aber sie zwang sich zur Ruhe. »Ich hab sie ihm abgekauft.«

Ihre Mutter lachte auf. »Und womit?«

»Mit meiner Musik.«

»Genau mit deiner Musik, völlig klar.«

»Ja, mit 'ner Hook. Ich hab ihm 'ne Hook eingesungen.«

»Das ist doch kein Gegenwert für 1900 Euro!«, platzte es aus ihrer Mom heraus.

Jetzt verlor auch Ella die Geduld: »Warum denn nicht? Warum ist es bitte so abwegig, dass es jemanden gibt, dem meine Musik genauso viel bedeutet wie mir?«

Aber ihre Mutter ließ sie kaum ausreden. »Du bringst die Gitarre jetzt sofort zurück. Und mit der Band und der ganzen Musik ist erst mal Pause. Bis nach dem Abi«

»Das Scheiß-Abi, bei dem ich sowieso durchfalle? Danke!« Ella machte auf dem Absatz kehrt und stürmte in den Flur: »Fickt euch doch alle!« Sie schnappte sich die Gitarre. Das Windspiel klirrte. Die Wohnungstür fiel krachend ins Schloss und der hässliche Frosch fiel von der Kommode scheppernd zu Boden.

19. Kapitel

Mit der Les Paul im Koffer radelte Ella durch den Ostpark. Immer noch außer sich vor Wut, gepaart mit abgrundtiefer Enttäuschung, ging sie jeden Spaziergänger an, der sich ihr auch nur zu nähern wagte. Sie kam aus dem Klingeln gar nicht mehr heraus. Am liebsten hätte sie laut geschrien. Hatte sich das Universum gegen sie verschworen? Die letzten Tage waren mit Abstand die schlimmsten ihres Lebens! Gerade brach alles zusammen, was für sie wichtig war: die Band, ihre Freundschaften, das Vertrauen ihrer Mom!

Ausgerechnet jetzt, mitten auf dem Weg, meldete sich auch noch ihr Handy mehrmals hintereinander. Sie fuhr an den Rand und sah nach. Kurz hatte sie gehofft, es wäre ihre Mom, die sich vielleicht entschuldigen wollte. Aber auf dem Bildschirm war eine Nachricht von Anaïs: *Wo steckst du?*

Sofort stiegen Ella die Tränen in die Augen. In ihrem Kopf hörte sie bereits die vertraute Stimme: »Ell, komm schon! Alles wird gut«. Vermutlich würden sie Anaïs' Worte sogar trösten. Trotzdem, oder gerade deswegen, hatte sie auf das Gespräch in diesem Moment keine Lust. Sie hatte auf gar nichts mehr Lust! Am liebsten hätte sie jetzt alles kaputtgehauen.

So schrieb sie nur ganz knapp: »Geht grade nicht. Trouble mit Mom« und fuhr durch Berg am Laim weiter nach Nordwesten, Richtung Bogenhausen. Ihr Rad klapperte jedes Mal besorgniserregend, wenn sie über eine Bordsteinkante fuhr. Sie wollte jetzt nur noch so schnell wie möglich die Gitarre loswerden.

Aber was änderte das überhaupt? Bei dem Gedanken, dass ihre Mutter ihr einen solchen Diebstahl zutraute, schoss ein tiefer Stich schmerzhaft durch ihre Brust. Kannte ihre Mom sie denn gar nicht? Gerade lief einfach alles schief.

Wenn sie die Band nicht zu diesem Contest gedrängt hätte, wäre der ganze Schlamassel nie passiert. Hätte sie nicht zufrieden sein können, mit dem, was sie hatten?

Am Haus der von Bergens angekommen, schloss sie ihr Rad ab, lief zum Tor und klingelte. Nichts rührte sich. Anscheinend war niemand zu Hause. Das konnte doch nicht wahr sein! Für einen Moment überlegte

Ella, die Les Paul vorsichtig über den Zaun zu heben und im Garten abzustellen. Aber das ging natürlich gar nicht. Also versuchte sie, sich an den Code zu erinnern. Leider vergebens. Sie war sowieso nicht gut mit Zahlen und unter Stress schon dreimal nicht. Entnervt lehnte sie ihren Kopf gegen die Mauer. Aber auch telepathisch ließ sich das Tor nicht öffnen.

Sie wollte schon aufgeben und zu ihrem Rad gehen, da ertönte mit einem Mal ein zweifaches Klacken. Das Tor hinter ihr öffnete sich wie von Geisterhand und gab den Weg frei. Irgendjemand musste sie über die Überwachungskamera beobachtet haben. Und tatsächlich wartete an der Eingangstür alfaMK. Er sah ziemlich verschlafen aus. Seine dunklen Haare waren verwuschelt, er trug ein T-Shirt und eine Pyjamahose. Vermutlich hatte er gestern noch lange gefeiert. Trotzdem sah er gut aus, so ohne seine Rich-Kid-Rapper-Kluft. »Meine Mom hat mir gar nicht gesagt, dass der Putztrupp heute anrückt«, witzelte er.

»Spar dir die dummen Scherze. Ich pack das heute nicht«, entgegnete Ella, ohne eine Miene zu verziehen.

»Was ist?«, fragte alfaMK.

»Hier«, Ella reichte ihm die Gitarre. »Ich wollt dir die zurückgeben.«

»Musst du nicht«, sagte er.

»Doch, muss ich«, widersprach Ella.

Der Rapper sah sie verständnislos an. »Hä? Aber was ist mit dem Track für das Musikvideo? Was ist mit dem Finale?«

»Mach ich mit meiner Ukulele.«

AlfaMK lachte auf. »Indie-Rock auf der Ukulele? Verarsch mich nicht.«

Doch Ella gab ihm mit einem Blick zu verstehen, dass sie nicht zu Späßen aufgelegt war. »Meinen Freundinnen ist es anscheinend eh egal, ob wir gewinnen oder nicht, also …«, sagte sie und brach ab, weil sie Angst hatte, sonst loszuheulen. Sie schluckte und schob seufzend nach: »Und meine Mom denkt, ich hab die Gitarre geklaut. Wenn die bei ihrer nächsten Putz-Session nicht wieder schön in deinem Zimmer rumsteht, werd ich wohl direkt zur Adoption freigegeben.«

»Puh, schwierig.« Der Rapper öffnete die Tür nun ganz und ging ins Wohnzimmer. Ella folgte ihm. Neben dem Sofa stellte sie die Gitarre ab. Aus der Traum.

AlfaMK sagte eine Weile gar nichts. »Soll ich mal mit deiner Mutter reden?«, fragte er schließlich.

Ella verzog das Gesicht. Beinahe hätte sie spöttisch gelacht. Echt, einmal so ein Selbstbewusstsein haben wie dieser Typ!

Der rieb sich mit dem Zeigefinger über den Nasenrücken und schwieg. Natürlich kannte er ihre

Mutter so gut wie gar nicht, aber zumindest wusste er, wie krass anstrengend es war, wenn er sich mit seiner eigenen stritt.

»Ich kann die Les Paul ja erst mal hier ›lagern‹«, schlug er unerwartet freundlich vor. Ella zuckte mit den Schultern. Ihr war inzwischen alles egal. Doch gerade als sie gehen wollte, hielt er sie am Ärmel fest. »Warte, da ist noch was …«

Ella winkte ab. »Hab ich kein Nerv für, sorry.«

Aber er ließ nicht locker. Er suchte nach Worten. »Okay, pass auf: Wir machen 'nen Ausflug!« Er sah sie herausfordernd an. »Komm schon, schlimmer kann dein Tag ja anscheinend sowieso nicht mehr werden, oder?«

In dem Punkt hatte Captain Obvious vollkommen recht. Aber Ella blieb, was seine sonstigen Absichten anbetraf, vorsichtig. Wollte er sie vielleicht nur wieder reinlegen? So wie er sie mit der Hook überrumpelt hatte? Als ihre Stimme plötzlich in seinem Song auftauchte? Andererseits, was hatte sie jetzt noch zu verlieren? Wenn sie eines nicht wollte, dann jetzt nach Hause zu gehen. Auch der Treffpunkt am Großmarkt war keine Option.

»Also, was ist, bist du dabei?« Er streckte die Hand aus und sie schlug ein. Er war wohl gerade der Einzige, der ihr noch die Hand reichen wollte.

»Ich heiße übrigens Leon.«

Ella nickte: »Hörte davon. Wohin geht's, Leon?«

»Top Secret!«, antwortete Leon grinsend, und da musste Ella tatsächlich lachen. Er zückte sein Handy: »Ich muss nur einen Anruf machen.« Während er eine Nummer wählte, lief er nach oben, um die Les Paul in seinem Zimmer abzustellen.

Nach kurzer Zeit kam er straßentauglich angezogen und mit zwei Motorradhelmen zurück.

Im Grunde rechnete Ella fest mit einem albernen Chopper oder einer krachend teuren Angeber-Harley mit Flammenlackierung, aber als sie in der Garage ankamen, stand da zu ihrer Überraschung nur ein einfacher E-Roller.

Erleichtert nahm sie hinter Leon Platz und schlang ihre Arme um ihn. Dann ging es auch schon Richtung Isar. Irgendwie fühlte sich das gar nicht so übel an, stellte Ella fest. Unauffällig rückte sie noch ein Stück an ihn heran und schnupperte an seiner Jacke, während sie sich an den Autos vorbei durch den Verkehr schlängelten. Sie roch genauso wie der Hoodie neulich. Ella schloss die Augen, schmiegte sich an Leon und versuchte, an nichts zu denken.

Als der Roller an seinem Zielort hielt, stieg Ella staunend ab. Denn sie standen vor dem Muffatwerk.

»Was machen wir hier?«, wollte sie wissen.

»Schon mal die große Bühne vom Finale auschecken«, antwortete Leon mit vielsagendem Blick, während er die Helme verstaute und den Roller abschloss. »Komm schon, ich versprech dir, das wirst du nicht bereuen!« Ella wusste immer noch nicht, worauf er hinauswollte, aber für einen Rückzieher war es sowieso zu spät. Vor einer großen Metalltür mit abblätternden Plakaten und tausend bunten Stickern zückte er sein Smartphone und schrieb eine Nachricht.

Kurze Zeit später öffnete sich die Tür. Ein Junge, den Ella allenfalls auf sechzehn Jahre schätzte, winkte sie heran. Er hatte über das ganze Gesicht verteilte Sommersprossen, trug Turnschuhe und Jeans. Auf seinem schwarzen T-Shirt war dick »CREW« zu lesen, sonst hätte sicher niemand geglaubt, dass er tatsächlich zum Muffatwerk gehörte. »Das ist Torben«, stellte ihn Leon vor. »Wir waren zusammen auf dem Internat.«

»Ja. Genau.« Beinahe hätte Ella losgeprustet. Sie war fest davon überzeugt, dass hier Bestechung im Spiel war. Wahrscheinlich hatte Leon irgendeinem random Praktikanten ein paar Scheine zugesteckt.

Aber keiner der beiden ging auf Ellas Bemerkung ein. Ohne viel zu reden, folgten sie Torben durch schmucklose Gänge aus unverputztem Beton mit grauen Versorgungsrohren, durch Räume voller technischem Equipment. Die Bühne konnte nicht mehr weit sein. Dort spielten sonst nur Top-Acts. Ella versuchte, sich nichts anmerken zu lassen, aber sie war schwer beeindruckt. »Hier bin ich ständig bei Konzerten, aber ich war noch nie …«

Leon grinste. »Mach die Augen zu.«

Ella lachte zögerlich: »Alter, so was sagen nur Leute im Film, in echt ist das mega creepy.«

»Jetzt komm schon!« Leon nahm ihre Hand.

Ella atmete tief durch. Sie konnte nicht glauben, dass sich das auf einmal vertraut anfühlte. Sie schloss tatsächlich die Augen. »Okay.«.

Er stand nun hinter ihr, legte ihr die Hände vor die Augen und ging so dicht hinter ihr, dass sie seinen Atem spüren konnte. Ihre Schritte begannen zu hallen und sie hörte seine Stimme ganz nah an ihrem Ohr: »Okay. Und jetzt stell dir vor … Du kommst auf die Bühne. Dein Puls ist bei 180. Zwanzigtausend Leute. Alle werden ganz still und dann …«

Leon nahm seine Hände weg, Ella öffnete die Augen und hörte ihn sagen: »Unsere Musik!«

Sie stand auf der Bühne der Muffathalle. In dem riesigen Saal vor ihr erklangen die ersten Töne von »Lila Scheine«. Dann Ellas Stimme, die in dem leeren Raum hallte:

Und die Stadt leuchtet blau
Irgendwann komm ich hier raus
200 km/h
Von der Platte zum Star

Und die Stadt leuchtet blau
Irgendwann komm ich hier raus
84 bpm
Bis mich jeder kennt
Und es regnet lila Scheine
Und es regnet lila Scheine
Und es regnet lila Scheine
Lila, lila, lila Scheine

Diesmal hatte Leon die Zeilen mit einem viel softeren Beat abgemischt. Und der Song funktionierte! Er funktionierte perfekt. Dazu war der ganze Saal in blaues Licht getaucht, Scheinwerfer zauberten einen Sternenhimmel.

Der absolute Gänsehautalarm! Sie riss die Augen auf und wusste sofort: Das war ein Gewinner-Song. Dieser Track war das perfekte Debüt für eine steile Karriere.

»Wie gefällt dir das?«, fragte Leon und blickte ihr tief in die Augen.

Ella schluckte. Sie versuchte, ein Lächeln zu verbergen. Wie ihr das gefiel? Was für eine Frage! Der Song war der Hammer!

Doch im nächsten Moment ging das Saallicht an. Plötzlich fühlte sie sich wieder klar und nüchtern – stocknüchtern.

»Das ist fies. Willste jetzt einen auf Popsong machen?«, fragte sie.

Leon zuckte mit den Schultern: »Funktioniert doch, oder?«

Ihr innerer Verarscht-werden-Detektor schlug sofort Alarm: »Ist das deine Dieter-Bohlen-Nummer: ›Uhh Baby, ich bring dich ganz groß raus‹«?

»Jeder braucht jemanden, der an einen glaubt«, gab Leon zurück. Es schien, als meinte er es vollkommen ernst.

Ella wusste nicht, wie sie das einordnen sollte. Natürlich wünschte sie sich jemanden, der an sie glaubte. Und es sollte jemand sein, der Ahnung hatte und den sie mochte! Der sie mochte … Sie erschrak. War das etwa alles nur …? Sie sah Leon fest in die Augen: »Okay. Das ist jetzt echt wichtig …«

»Was?«

»Also … du pullst die ganze Nummer jetzt nicht, weil du … na ja, auf mich stehst oder so?«

Leon wich ihrem Blick aus. »Kann ich nicht versprechen.«

Ella fiel die Kinnlade herunter. Das war nicht die Antwort, die sie sich in diesem Augenblick erhofft hatte. Sie brauchte jetzt etwas ganz anders! »Glaubst du an mich, oder nicht?«, fragte sie verzweifelt.

Leon wirkte überfordert. »Was ich sagen kann … ich fänd's richtig gut, wenn ich nicht auf dich stehen würde, weil wir dann zusammen Musik machen können, ohne dass es schwierig wird«, versuchte er zu erklären.

Also doch. »Na, toll!« Es war nicht die Musik, er wollte sie nur rumkriegen. Sie war eben doch nicht gut genug. Aufgewühlt ließ sie ihn stehen und lief von der Bühne. Leon eilte ihr nach: »Komm. Lass uns noch einen Track machen. Oder zwei. Und damit bei diesen NewName-Leuten aufschlagen.«

Ella blieb stehen. »Sag mal, was willst du von mir? Willst du flirten oder willst du mit mir Sound machen? Ich check dich nicht, okay?«

Leon sah sich gestresst um, als würde er am liebsten die Flucht ergreifen. Aber statt zu flüchten, änderte er den Ton. »Ey, ich will nur, dass du 'ne Chance kriegst«, erklärte er kühl und verschränkte die Arme, in dem Versuch, betont lässig rüberzukommen. Das gelang ihm aber nicht wirklich.

»Jetzt tu nicht so gönnerhaft. Steht dir nämlich

nicht«, fauchte ihm Ella entgegen. Sie war jetzt richtig in Fahrt: »Wieso gehst du nicht alleine zu NewName? Lass dich doch einfach signen und mach dein eigenes Ding!«

Leon schüttelte den Kopf. »Aber dann mach ich nicht das, worauf ich wirklich Bock hab.«

»Und was soll das sein?« Ella sah ihn ungeduldig an.

»Mit dir Sound machen. Wie deutlich soll ich's denn noch raushängen lassen?«

»Ja. Genau.« Sie lachte auf. »Der Geld-Prinz und die Putzfrau. Wie im Märchen. Und dein Herz bricht, wenn ich den blöden Schuh nicht anziehen will, oder wie?«

Es dauerte einige Sekunden, bis Leon antwortete. »Vielleicht.«

Er klang entwaffnend aufrichtig. Plötzlich fühlte sich Ella noch verlorener und elender als zuvor schon. »Ich kann nicht. Tut mir leid«, sagte sie, während sie sich an ihm vorbeischob. Mit hängendem Kopf lief sie den Gang entlang zum Ausgang, zog die Metalltür auf und hastete ins Freie. Verwirrt und erschöpft zog sie das Handy aus der Tasche: vierzehn verpasste Anrufe, alle von Anaïs. Und eine Nachricht: »MUSIKVIDEO?!«

© Neue Bioskop Film, Foto: Anke Neugebauer

Romy und Cahide freuen sich auf ihre gemeinsame Zeit nach dem Abi

© Neue Bioskop Film, Foto: Anke Neugebauer

Anaïs probt auf dem Dach für den Song Contest

© Neue Bioskop Film, Foto: Marc Reimann

Leon hat eine Überraschung für Ella geplant

© Neue Bioskop Film, Foto: Marc Reimann

Leon offenbart Ella, dass er nicht nur Musik mit ihr machen möchte

© Neue Bioskop Film, Foto: Anke Neugebauer

Heike zaubert perfekte Nägel für Nachbarin Andrea

© Neue Bioskop Film, Foto: Anke Neugebauer

Die coolste Lerngruppe fürs Abi versammelt sich bei Ella zu Hause

Gibt es wirklich einen Plattenvertrag für die Mädels?

Ella hat es mit allen vermasselt

© Neue Bioskop Film, Foto: Anke Neugebauer

Das Woolfpack konfrontiert Ella mit dem Verrat

© Neue Bioskop Film, Foto: Anke Neugebauer

Ellas Mutter und Böblinger-Moll haben mehr gemeinsam, als man denkt

Ella wird unterstützt von Bühnentechniker Torben

Anaïs verzeiht ihrer besten Freundin

Tosender Applaus beim Song-Contest-Finale für Virginia Woolfpack

Ein Happy End auf allen Ebenen

Ahuuuuuu! Wolfsgeheul für das Woolfpack

Für die Girls steht fest: Wir bleiben wir!

20. Kapitel

Ella antwortete nicht. Sie schaltete das Handy aus und steckte es zurück in die Tasche. Sie wollte jetzt niemanden sehen. Wollte allein sein und ihre Gedanken ordnen. Leon hatte sie noch mehr durcheinandergebracht. Sie lief hinunter an die Isar. Der Kiesstrand vor dem Wehr gegenüber war übervoll mit lachenden Kindern, küssenden Pärchen und vergnügten Hunden. Im Schatten eines Baumes hatten sich Leute mit Kopfhörern versammelt. Sie tanzten gemeinsam, lautlos, jeder zu seiner Musik. Ella wandte sich ab und ging weiter nach Norden, bis Trubel und Menschendichte allmählich nachließen. Dann setzte sie sich ans Flussufer, ihre Augen brannten. Leons Worte beschäftigten sie mehr, als ihr lieb war. Kein Zweifel: Sie fühlte sich irgendwie zu ihm hingezogen. Sein Wunsch, mit ihr Musik zu machen, tat ihr gut. Wäre es jetzt nicht das Einfachste, ihm eine Chance zu geben, zu sehen, was daraus wurde? Dazu noch der Plattendeal ... bestimmt würde dann der Schmerz über die Hamburg-Sache mit der Zeit verschwinden. Sie zog ihr Notizbuch hervor und schrieb.

Ich glaub, ich hab vergessen, wer ich bin
Mein Schiff fährt mit dem letzten bisschen Wind
Cast away – meine Crew über Bord, Ocean Eyes
Ich geh langsam verloren
Du stehst am Ufer, wirfst 'n Seil
Ziehst du mich raus, lässt du mich fallen?
Wir beide sind so verdammt verschieden
Ich bin Norden, du bist Süden

Ella legte den Stift weg und ließ sich mit ausgebreiteten Armen nach hinten ins Gras fallen. Ein Schwarm Schwalben stob als dünner Faden unter den tiefen Wolken Richtung Süden, dann vollführte er unerwartet eine steile Kehrtwende. Der Faden wurde breiter, flattriger, dann verjüngte er sich überraschend wieder und verschwand hinter den Dächern der Stadt. Ähnlich wirr und flatterig fühlte es sich auch in ihrem Kopf an.

Ella stand auf. Irgendwann musste sie schließlich wieder nach Hause. Aber Mist, ihr Fahrrad stand ja noch bei den von Bergens. Also ging sie den ganzen Weg zu Fuß, um es zu holen. Als sie die Villa endlich erreicht hatte, sah sie durch die Zweige der hohen Bäume Leons offenes Fenster im ersten Stock. Einen Moment blieb sie stehen und sah zu ihm hinauf. Doch dann wandte sie sich entschlossen ab, schloss ihr Rad auf und fuhr mit leerem Kopf im Abendverkehr durch die Stadt nach Hause. Als sie die Siedlung erreichte, spürte sie eine nie da gewesene Müdigkeit in jedem Knochen. Vorsichtig öffnete sie die Tür, um unbemerkt in ihr Zimmer schlüpfen zu können. Doch als sie sich in die Wohnung schob, wartete im Flur bereits ihre Mutter auf sie.

»Sorry, Mom.« Ella erwartete eine Standpauke, weil sie sich nicht gemeldet hatte. Aber stattdessen hielt ihre Mutter ihr eine Tasse hin. »Kakao?«

Dankbar nahm Ella die warme Tasse und trank einen Schluck.

»Ich mein's doch nur gut«, sagte ihre Mom. »Du hast die Chance, Abi zu machen. Ich will einfach nicht, dass du dir das kaputt machst.«

»Ich weiß«, gab Ella zurück. Ihr Blick fiel auf die Kommode. Dort stand – notdürftig geklebt – Fredi Kackfrosch an seiner alten Stelle. Ella musste lächeln. Es gab Konstanten, auf die sie sich einfach verlassen konnte. Mindestens auf die Abi-Mahnungen ihrer

Mutter und dem Bestehen des hässlichen Froschs. Im nächsten Moment hörte sie hinter ihrer Zimmertür Romys unverkennbares Lachen.

Ihre Mom nickte: »Ja. Da drin wartet 'ne Überraschung auf dich.«

Ellas Herzschlag setzte einen Moment aus. Hastig stürzte sie zur Tür. Als sie das Zimmer betrat, saß da nicht nur Romy, sondern auch Cahide und Anaïs, jede mit einer Tasse dampfendem Kakao. Überall im Zimmer lagen Physikbücher und Arbeitsblätter. Tim, eng an Anaïs geschmiegt, erklärte gerade, wie man einen Joint rollt. »... und dann feuchtest du den Tipp ein bisschen mit der Zunge an, so hält das besser ...«

Ellas Herz zog sich beim Anblick ihrer Freundinnen schmerzhaft zusammen. Beinahe hätte sie aufgeschluchzt. Sie war sofort bereit, jeden Schmerz, jedes Missverständnis hinter sich zu lassen, Hamburg Hamburg sein zu lassen und noch einmal ganz von vorne zu beginnen. Trotzdem wollte sie nicht zeigen, wie gerührt sie war.

»Heyyy ... was macht ihr denn hier?« Sie versuchte, möglichst gleichmütig zu klingen.

»Das ist 'ne Lerngruppe«, erklärte Romy grinsend.

Ella schnupperte. »Ähm, riecht das nach ...?«

»Wir mixen uns Hasch-Kakao«, flüsterte Anaïs und streute sich noch etwas Marihuana in ihre Tasse.

»Der neue Arzt hat mir das verschrieben. Ist wohl gut für die Muskelentspannung«, erklärte Tim.

»Also, ich merk nix!«, polterte Romy dazwischen.

»Ich mein, ich hass das ja, wenn Mama mich ständig zu irgendwelchen neuen Wunderheilern schleppt«, fuhr Tim fort. »Aber diesmal hat sich das echt gelohnt.« Ella blickte skeptisch auf das Marihuana. Es sah aus wie jedes x-beliebige getrocknete Kraut, hatte aber den intensiven Geruch eines schweren süßlichen Parfums. Sie hatte schon häufiger gehört, dass die Droge Kranken verordnet wurde, um Schmerzen zu lindern.

»Magst du auch?«, fragte Cahide und machte Anstalten, etwas von dem Gras in ihren Kakao zu krümeln. Doch Ella hatte keine Lust auf Experimente. Sie hielt rasch die Hand über die Tasse. »Nee. Bei meiner Laune grad kann das nicht gut werden«, wehrte sie ab. »Hört mal …«, setzte sie zu einer Erklärung an.

Aber die Freundinnen ließen sie gar nicht erst zu Wort kommen.

»Nein Brudi, jetzt hörst du uns mal zu«, sagte Cahide.

Anaïs beugte sich vor und ergriff Ellas Hand. »Wir lieben dich, okay?«

»Und dass wir nach Hamburg gehn, heißt nicht, dass wir die Band nicht lieben«, fuhr Cahide fort.

»Wir lieben die Band!«, beteuerte Romy.

»... und deswegen gewinnen wir auch den Contest!«, erklärte Cahide.

Romy sprang auf. »Unter Finale geht nix.«

Ella versuchte, ihre Freundinnen zu unterbrechen, aber sie hatte keine Chance.

»Hier kommt der Masterplan«, verkündete Anaïs. »Wir drehen ein Megavideo und parallel machen wir jeden Tag Lerngruppe fürs Abi.«

»... und kriegen Mama dazu, dass sie endlich chillt«, fügte Tim hinzu.

Romy macht eine Rocky-Faust. »Ja, MANN!!«

Ella fühlte sich beschämt. Wieso hatte sie je daran gezweifelt, dass sie sich auf ihre Freundinnen verlassen konnte? Sie gehörten zusammen und die anderen sollten sich auch auf sie verlassen können. Plötzlich kam ihr eine Idee. »Was ist, wenn ich euch BEWEISE, dass wir es als Band schaffen können. Ich meine ... so richtig?«

»Ach, Ell«, wehrte Anaïs ab.

Aber Ella war schon zum Schrank gegangen und hatte die NewName-Visitenkarte aus ihrer Jeans hervorgeholt. Sie hob sie für alle sichtbar in die Luft. »Ich hab hier so 'ne Visitenkarte von 'nem Label bekommen.«

»Du musst uns nix beweisen«, sagte Cahide.

»Und Böblinger-Moll hat recht. Das Musik-Business macht uns bloß kaputt«, fügte Anaïs hinzu.

Aber Ella ließ sich nicht beirren. Jetzt oder nie. Alles auf eine Karte, morgen konnte es schon zu spät sein. Sie griff nach ihrem Handy und wählte die Nummer. Eine ganze Weile lang nahm niemand ab. Dann ertönte ein »Hallo?«.

»Hallo, Herr ähm …« Vor Aufregung wäre Ella beinahe ihr Telefon runtergefallen. Hastig las sie den Namen des Produzenten von der Karte ab. »Herr Jung?«

»NewName Productions, Heiner.«

»Heiner, ja. Hi. Hi. Sorry, dass ich so spät anrufe …«

»Mit wem spreche ich denn?«, unterbrach Heiner sie.

Der Rest des Woolfpacks sah sich fragend an, während Ella sich weiter durch das Telefonat stammelte: »Ich bin Ella ähm … vom ähm Song Contest. Genau! Ich …«

»Ach, der Energy Song Contest. Du bist die Stimme aus dem Sample von diesem Alpha …«

»… ja genau! Könnte ich, also könnten wir vielleicht doch schon früher vorbeikommen? Also Mittwoch vielleicht?«

»Okay … Ella, Mittwoch um zehn.«

»Ihr Ernst? Morgen? Ginge auch, ähm … nee … klar, zehn ist mega.« Bevor sie den Satz zu Ende sprechen konnte, hatte »Heiner« schon aufgelegt. Egal. Ella blickte breit grinsend in die verdutzten Gesichter der anderen. Dann stieß sie ein dröhnendes Wolfsgeheul aus. Das Pack fuhr erschrocken zusammen.

Romy fasste sich rasch: »Okay. Fuck it!«, rief sie begeistert und stimmte in Ellas Geheul mit ein.

21. Kapitel

Das schlechte Gewissen kam in der Nacht. War es nicht doch zu gemein, dass sie Leon ausbootete, überlegte Ella. So ein richtig feiner Move war das jedenfalls nicht. Immer wieder sah sie vor sich, wie er sie angesehen hatte im Muffatwerk, als er gesagt hatte, dass er mit ihr Musik machen wollte … Aber mit tausendprozentiger Sicherheit bekam ein Typ wie alfaMK noch eine zweite, wenn nicht gar dritte und vierte Chance. Das Pack und sie hatten aber vielleicht nur diese eine, und die sollte nicht von einem Typ abhängen, der sie gut fand. Es ging nur um die Musik. Und wie hatte er auf der Bühne im Muffatwerk selbst so schön gesagt: »Ich will nur, dass du ’ne Chance kriegst!« Und die nahm sie sich jetzt. Sie wälzte sich unruhig hin und her, bis sie in einen unruhigen Schlaf fiel.

Am nächsten Morgen schob sie alle Bedenken beiseite. Für einen Rückzieher war es zu spät. Ihre

Zukunft hing von diesem Vormittag ab! Ella war viel zu aufgekratzt, um sich noch einen Kopf um alfaMK zu machen. Jetzt war nur noch eines wichtig. Sie mussten den Plattenmann von sich überzeugen! Bevor sie losfuhr, schickte sie eine Erinnerungsnachricht an das Pack. Sie wollte sichergehen, dass keine der Freundinnen den Termin verpasste.

Pünktlich um 9 Uhr 50 parkte Ella ihr Fahrrad vor dem ultramodernen Glasgebäude der Plattenfirma. Wer jedoch nicht da war, war die Band. Nicht zu fassen. War den anderen denn nicht klar, dass das vielleicht der wichtigste Termin ihres Lebens war?

Mit zunehmender Panik telefonierte Ella die Freundinnen ab. Aber keine ging ans Telefon. Und so saß sie unglücklich und wütend zugleich um zehn Uhr dem nicht mehr ganz jungen Produzenten in kreativem Schwarz allein gegenüber. Die Tattoos am Unterarm reichten bis unter die dicke Rolex am Arm, die Frisur schick und nicht zu hip. Alles hier schrie Erfolg. Ella knirschte beim Lächeln mit den Zähnen. Ziemlich verzweifelt und unter lautlosen Verwünschungen versuchte sie nach außen hin trotzdem professionell zu wirken. Das war allerdings nicht so einfach, woran auch der unförmige Sitzsack Schuld hatte, auf dem sie von der Assistentin platziert worden war. Jede Bewegung brachte sie aus dem Gleichgewicht. Während der Produzent sich das Live-Video von Virginia Woolfpack auf seinem Handy ansah, wanderte Ellas Blick über die zahlreichen, an den Wänden hängenden Goldenen Schallplatten.

»Ah, jaja. Ich erinnere mich«, sagte der Mann schließlich. »Und wie war das … äh, du bist nicht … Virginia?«

»Nee, also … wir sind alle das Woolfpack, verstehen Sie? Von Virginia Woolf«, stellte Ella eilfertig richtig.

Der Produzent sah sie fragend an.

»Die anderen sollten eigentlich …«, fuhr Ella schnell fort.

Aber Heiner Jung unterbrach sie. »Und der alfaMK …?«

»Ist krank.«

»Aha.« Der Produzent klang wenig überzeugt. Er rieb sich mit Daumen und Zeigefinger die Nase. Dann schrieb er auf seinem Handy eine Nachricht.

»Ähm. Wahrscheinlich … Lebensmittelvergiftung oder so«, versuchte Ella ihre Lüge plausibler zu machen. Was sollte sie jetzt hier ohne die anderen? Sehnsüchtig spähte sie Richtung Ausgang. Auf dem Höhepunkt ihrer Verzweiflung drangen aus dem Flur Stimmen und Gepolter, unverkennbar der Rest der Band. Ella atmete erleichtert auf. Das waren sie.

Endlich! Aber als Romy, Cahide und Anaïs ins Büro wankten, wäre Ella am liebsten in ihrem Sitzsack versunken.

»Woaaaaah, voll der Geldpalast …«, krakeelte Romy, während Cahide kreischend auf sie zugerannt kam. Sie rief: »Ellllllllliiiiiilllaaaaaaa!« Dann knuddelte sie sie viel zu lange von oben bis unten durch.

Zum Glück klingelte in diesem Moment das Telefon des Produzenten. »Da muss ich kurz ran. Wollt ihr 'nen Matcha Latte?«

Cahide nickte derart überschwänglich, als sei sie nur deshalb gekommen. Der Produzent gab seiner Assistentin ein Zeichen und verließ dann mit dem Handy am Ohr den Raum.

»Warum seid ihr zu spät?«, schimpfte Ella mit gedämpfter Stimme.

Anaïs kicherte. »Der Rasen, also … der mäht jetzt …«

Ella konnte es nicht fassen. »Ernsthaft?! Ihr seid JETZT stoned?«

Anaïs rieb sich die roten Augen. »Gestern hab ich fast nix gemerkt. Aber vorhin plötzlich so … wow.«

»Ich auch, ich bin ganz … wuselig«, bekannte Cahide.

»Bitte reißt euch zusammen«, flehte Ella, als der Produzent ins Büro zurückkam.

»Wir sind vor allem live sehr gut«, behauptete Ella. »Jetzt, wo alle da sind, können wir ja einfach mal vorspielen!« Der Rest des Packs gruppierte sich umständlich auf den anderen Sitzgelegenheiten. Dann stimmte Ella »Meine Fehler« an. Sie spielte die ersten Akkorde auf ihrer Ukulele, und Romy begann, den Takt auf einem Cajón, einer Kistentrommel, vorzugeben, die sie extra mitgebracht hatte. Leider gelang es ihr aber keine Sekunde, den Takt zu halten.

Auch Cahide und Anaïs boten eine eher holprige Performance, ihr Gesang lag mindestens eine halbe Note daneben. Ella versuchte, ihre Freundinnen zu übertönen, doch sie kam nicht gegen sie an. Anaïs tanzte unterdessen zu einer Musik, die nur sie zu hören schien, Cahide und Romy verhunzten den Text.

Das Gesicht des Produzenten erstarrte zusehends, während Ella sich so verzweifelt wie vergeblich bemühte, den Auftritt zu retten. Als Romy lautstark sang »Ich will meine Fehler, Fehler machen«, brach Ella ab und musste sich anhören, wie Cahide noch mehrere Takte lang begeistert allein den Background weitersang.

»Oh Mann, ich hab's grad so gefühlt«, bekannte Cahide mit einem seligen Lächeln, als sie geendet hatten.

Heiner Jung lehnte sich zurück und räusperte sich. »Okay … interessant.«

»Ja, der Song ist … quasi von heute. Ham wir noch nicht wirklich geprobt«, erklärte Ella und wollte im Erdboden versinken, während die Assistentin reihum den Matcha Latte verteilte.

Der Produzent nickte: »Fresh.«

Romy sah ins Leere und kicherte.

Ella war immer noch um einen guten Eindruck bemüht. »Ich … wir dachten, wir kommen einfach mal vorbei.«

Sie sah sich motivierend um. Aber Cahide und Anaïs hörten ihr gar nicht zu. Sie schlürften verträumt an ihren Getränken, gedanklich waren sie irgendwo anders, vermutlich versunken im süßen Matcha-Latte-Lala-Land.

Heiner setzte sich auf und holte tief Luft. »Na ja. Ich hätt da schon ein paar Ideen, was euch angeht, nä?«, verkündete er. »Mädelsband find ich ja cool. Wenn wir mit euch so'n bisschen mehr in die Richtung Ariana-Grande-meets-Kanye gehen würden …«

»Aber wir sind doch 'ne Rockband«, kicherte Anaïs.

»Ihr braucht Edge. Aber zugänglicher, ja. Mehr Mainstream«, erklärte Heiner Jung.

Ella schrieb eifrig mit: »Okay? Mainstream. Edgy. Zugänglich.«

Der Produzent war jetzt ganz in seinem Element. »Ja. Also, wo fangen wir an? Zum Beispiel euer Name …«

»Ja, Virginia Woolf, das ist ’ne Schriftstellerin, die …«, begann Anaïs.

»Äh, cool, ja«, unterbrach sie der Produzent. »Habt ihr schon mal über so was ganz Bodenständiges nachgedacht? Zum Beispiel alle eure Namen nacheinander? Oder die Hälften eurer Vornamen zusammengesetzt?«, schlug der Produzent vor.

Cahide begann sogleich zu überlegen: »CA-RO ANA-ELL. Caro Anaell.« Dann rief sie erfreut: »*Caro Anal!*«

»Ja, so in der Art …« Der Produzent sah sie irritiert an und wechselte das Thema. »Schaut mal …« Er zeigte auf die goldenen Platten und Fotos seiner Stars. »… das sind so unsere größten Erfolge in letzter Zeit. Fällt euch da was auf?«

Cahide sprang auf und untersuchte die Fotos aus unmittelbarer Nähe, als handele es sich um ein Bilderrätsel. Ihre Nase berührte fast das Glas. Anaïs sah ihr zu und schlürfte lächelnd ihren Matcha. Nur Romy starrte in eine ganz andere Richtung. Hoffnungslos …

»Die kenn ich von Insta!«, erkannte Cahide begeistert.

»Die Sache ist die: Musik ist total subjektiv, oder?«, erläuterte der Produzent. »Heutzutage gefällt ja jedem was anderes und jeder hört irgendwie alles. Deswegen arbeiten wir gerne mit Talents, die einfach schon 'ne Fanbase mitbringen, versteht ihr mich?«

»Die verkauft so Cremes«, hauchte Cahide selig.

»Um erfolgreich zu werden, muss man eigentlich schon erfolgreich sein?«, hakte Ella nach.

Der Produzent wirkte langsam ungeduldig. »Ja, kann man so sagen. Deswegen würd ich mich an deiner Stelle an den alfaMK halten, Mädchen.«

Anaïs horchte auf: »Wie, an den alfaMK?«

Ella tat so, als hätte sie Anaïs' Frage überhört. »Sollten wir ... vielleicht mal über Liebe singen oder so?«

»Zum Beispiel, ja, sehr gut! So das Feeling, wenn ihr 'nen sweeten Boy seht ... aber schau mal ...« Der Produzent drehte den Bildschirm seines Tablets zu Ella und spielte das alfaMK-Video ab. »Das hat jetzt bald 100 000 Klicks. Damit kann ich arbeiten.«

»Ja, aber seine Texte sind doch total sexistisch«, warf Anaïs ein.

»Das ist gar nicht mal so schlimm«, antwortete der Produzent. »Der hat 100 000 Follower ...«

»100 000«, seufzte Cahide noch immer verpeilt. In diesem Moment steckte die Assistentin den Kopf durch die Tür: »Der Herr von Bergen wär draußen.«

Ella sah sich geschockt um.

»Ach nee …« Der Produzent erhob sich. »Hat sich vorhin am Telefon auch schon besser angehört.«

Jetzt drehten sich auch Cahide, Romy und Anaïs zur Tür, durch die alfaMK abgehetzt ins Büro stürzte. »Heiner. Sorry, ich hatte keine Ahnung …« Dann wandte er sich zu Ella: »Was ist'n das jetzt für ein Bitch-Move? Ich dachte, wenn, dann schlagen wir zusammen hier auf?« AlfaMK klang aufrichtig enttäuscht.

Romy fiel die Kinnlade herunter. »Der Alpha-Affe.«

In diesem Moment setzte im Video Ellas Gesang ein.

Der Produzent nickte anerkennend. »Die is super, deine Hook.«

Ella wurde eiskalt. Sie wandte sich zu Anaïs, um etwas zu sagen, doch kein Wort kam aus ihrem Mund, während ihre beste Freundin langsam das ganze Ausmaß des Verrats begriff. »Das ist deine Stimme … du hast für den Arsch die Hook geschrieben?«

Während Ella noch nach Worten suchte, brachte Romy die allgemeine Gefühlslage auf den Punkt: »Ich glaub, mir wird schlecht.«

Anaïs war außer sich. »Auf welchem Stern bist du denn unterwegs?«

Ella wusste nicht, was sie sagen sollte. »Aber … ihr habt mich auch angelogen wegen Hamburg«, erklärte sie schließlich.

Cahide murmelte vor sich hin: »Ich check das alles nicht. Wie kommt Ella in die Musik von dem Affen?«

Ella schloss die Augen. Ihr war schwindelig. Sie spürte die enttäuschten Blicke ihrer Freundinnen. Der Produzent stoppte das Video.

»Das ist Rudelverrat«, bemerkte Romy in die eingetretene Stille.

Dann rief Cahide erschrocken: »Das Wuseln ist wieder da!« Sie hielt sich vergeblich die Hand vor den Mund.

»Bitte! Ich kann alles erklären …«, begann Ella. Aber da kotzte ihr Cahide auch schon direkt vor die Füße.

»… wenn ihr mich lasst«, beendete sie hilflos ihren Satz.

Der Produzent rief genervt nach seiner Assistentin. »Charlie? Ich brauch dich hier mal bitte ganz schnell!«

Tatsächlich war Charlie jetzt die einzige Person im Raum mit Ruhe und Überblick. Mit den Worten »Komm. Ich bring dich mal zur Toilette« nahm sie die weinende Cahide zur Seite. Romy und Anaïs folgten ihr auf dem Fuße. Ella wollte sie noch am Ärmel zurückhalten, etwas sagen, irgendwas. Doch Anaïs wehrte ab: »Lass mich!«

Den Tränen nahe blieb sie im Büro zurück, wo Leon auf sie zukam und kopfschüttelnd fragte: »Why?«

Ella sah alles zusammenbrechen und wusste nicht mehr, was sie tun sollte. Klar war das nicht okay gewesen, aber Alfa-Leon würde da schon rausfinden. »Ach, tu nicht so. Du kannst dir doch einfach irgend'ne andere Sängerin kaufen. Du hast doch das Geld!«

Er stellte sich ihr in den Weg. »Was für Geld, hä? Glaubst du ernsthaft, meine Mutter hat Bock, mir ein Leben als Rapper zu sponsern?«, fragte er. »Die hat den genauen Plan für mich, okay? Uni. Am besten Ausland. Am besten BWL. Und dann tret ich schön in ihre Fußstapfen. Junge Unternehmer einlullen und dann zubeißen, wenn die nicht aufpassen. Und Schwups gehört das Start-up irgendeinem Riesen-Konzern, der mir dann Geld in den Arsch bläst. Ist kein Leben, auf das ich Bock hab. Echt.«

Getroffen sah Ella zu Boden. Leon wirkte traurig und enttäuscht. Ihr Verrat schien ihm wirklich nahezugehen.

»Ja … also … wenn ihr zwei aus dem Kindergarten raus seid, dann könnt ihr euch ja noch mal melden«, sagte der Produzent nur und verließ den Raum.

Leon überhörte ihn. »Wieso wolltest du nicht, dass deine Freundinnen wissen, dass wir uns kennen? Bin ich so scheiße, oder was?«

Seine Worte gaben Ella einen schlimmen Stich in der Herzgegend. »Ich wollte einfach bei dem Contest nicht deine fucking Putzfrau sein, okay?«, rief sie. Dann stürmte sie an ihm vorbei aus dem Büro.

Draußen traf sie auf Anaïs, die in der Tür zum Waschraum stand. »Bitte geh einfach!«, sagte ihre Freundin nur unheilvoll ruhig. Aber Ella drängte sich an ihr vorbei, um nach Cahide zu sehen. Wie zu erwarten, bot sich ein jämmerliches Bild. Cahide hing über der Schüssel und kotzte sich die Seele aus dem Leib, während Romy ihr die Haare hielt.

Ella wollte endlich erklären, was schiefgelaufen war. »Es tut mir so leid. Aber …«

»Nee Ella, ne«, unterbrach sie Anaïs schroff. »Was für'n Aber? Hast du uns angelogen oder nicht?«

»Hast du dich die ganze Zeit mit dem Typen getroffen?«, setzte Romy nach.

Ella ließ den Kopf hängen.

»Hast du mal zugehört, wie der mit uns redet? Oder wie der mit dir redet?«, wollte Anaïs wissen.

»Das ist kompliziert«, verteidigte sich Ella kläglich.

Doch Anaïs war weit davon entfernt, Mitleid zu haben: »Für'n Arsch, echt. Ich dachte, wir stehen ein für uns.«

Ella ging in die Offensive: »Aber ihr geht auch nach Hamburg und sagt mir nichts davon.«

Romy verdrehte die Augen: »Wir wollten dir einfach erst nach'm Abi von Hamburg erzählen. Damit du's nicht verkackst.«

Cahide hob erschöpft ihren Kopf aus der Toilettenschüssel: »Es war doch klar, dass wir nach dem Abi irgendwas machen.«

Anaïs brachte es auf den Punkt: »Du kannst nicht einfach beschließen, dass deine Träume auch unsere Träume sind.«

Ella konnte die Tränen nicht mehr zurückhalten. Wann hatten sie sich so verändert? Verzweifelt streckte sie Anaïs ihren kleinen Finger entgegen, ihre Versöhnungsgeste. Aber Anaïs hakte diesmal nicht ein.

»Merkst du eigentlich, dass es immer nur um dich geht?«, fragte sie leise und drehte sich weg. In diesem Moment begann Cahide wieder, sich zu übergeben, begleitet von heftigen Weinanfällen.

»Ey. Bitte mach dich dünn jetzt, echt«, wandte sich Romy an Ella. »Sonst vergess ich mich.«

22. Kapitel

Mit Tränen in den Augen lief Ella aus den Räumen der Produktionsfirma die Treppen hinab. Dieser Tag war ein Albtraum und er wurde immer schlimmer. Aus der Tür eilend, stolperte sie beinahe in die aneinandergeketteten Räder ihrer Freundinnen. Ehemaligen Freundinnen. Schluchzend lief sie weiter zu der Laterne, unter der ihr eigenes Rad stand. Ohne nach links und rechts zu schauen, fuhr sie wie eine Wahnsinnige durch Lärm und Gedränge. Die Innenstadt endlich im Rücken, machte sie an der Isar halt und setzte sich auf eine Treppe, die hinab zum Wasser führte. Obwohl sie versuchte, sich zu konzentrieren, stolperten ihre Gedanken wild übereinander. Schwer atmend betrachtete sie den Fluss. Am Grund schimmerte ein rostiges Fahrrad, eine Plastiktüte trieb vor ihren Füßen vorbei. Nach und nach ließ der Schockzustand nach. Dafür traf sie die Erkenntnis wie eine Abrissbirne: Virginia Woolfpack war Geschichte.

Und alles wegen ihr.

Schlimmer noch: Gerade hatte sie auch ihre beste Freundin verloren! Mit ihrer Lüge hatte sie Anaïs auf eine absolut elementare und unverzeihliche Weise verletzt. Sie hatte für Anaïs eine rote Linie überschritten. Verrat auf der ganzen Linie und nach allen Seiten. Hätte sie doch nur länger nachgedacht!

Ella hatte keine Ahnung, wie lange sie dort saß und aufs Wasser starrte. Irgendwann fuhr sie nach Hause und ging wortlos in ihr Zimmer. Wie ein Embryo kringelte sie sich ins Bett. Den nächsten Tag meldete sie sich in der Schule krank. Zu ihrem Kummer blieb auch noch das Handy den ganzen Tag stumm, niemand erkundigte sich nach ihr.

Nur ihre Mom und Tim waren offensichtlich besorgt, schlichen um sie herum, brachten Tee und Kekse. Schon am nächsten Tag musste Ella jedoch ihren Zufluchtsort verlassen: Die letzte große Prüfung stand bevor, die alles entscheidende Physikklausur.

Als sie das Schulgebäude betrat, bemerkte sie, dass mittlerweile alle Flure mit Virginia-Woolfpack-Postern dekoriert waren. Auf ein paar von ihnen waren extra Zettel geklebt. »GO FINALE!«, stand darauf.

Die ganze Schülerschaft schien dem Wettbewerb entgegenzufiebern. Allerdings hatte sich das Zerwürfnis der Band bereits herumgesprochen – und wer schuld daran war: Ella erntete Dutzende giftige Blicke. Schuldbewusst zog sie den Kopf ein und eilte ins Prüfungszimmer. Dort saßen Cahide, Anaïs und Romy bereits in der vorderen Fensterreihe und unterhielten sich. Als Ella eintrat, taten sie rasch so, als würden sie in ihren Unterlagen blättern. Es schmerzte unendlich, so deutlich zu spüren, dass keiner etwas mit ihr zu tun haben wollte. Mit schwerem Herzen suchte sie sich einen Tisch ganz hinten in der letzten Reihe.

Der Lehrer erschien, verteilte die Aufgaben, stellte einen Wecker und setzte sich nach vorn. Während alle um sie herum zu schreiben begannen, schaffte es Ella nicht einmal, das Blatt mit den Aufgaben anzusehen. Sie blickte nach vorn zu den Mädchen, die einmal ihre Freundinnen gewesen waren. Ihr Selbstwertgefühl war auf dem Tiefpunkt. Sie fühlte sich klein, nichtig, unfähig und ungeliebt – und das völlig zu Recht.

Warum überhaupt noch das Abitur schreiben? Teilnahmslos betrachtete sie den voranschreitenden Minutenzeiger. Wie schön doch alles hätte sein können. Der nächste Auftritt, vielleicht Finale, ein Vertrag …

Plötzlich ein ärgerlich lautes Rasseln und Klingeln. »So, die Hälfte der Zeit ist um.« Der Lehrer warf einen strengen Blick auf seine Prüflinge und stellte den Wecker neu ein.

Ella wachte auf. Ein klitzekleines Fitzelchen Selbstachtung meldete sich leise, aber energisch und ließ sie zum Stift greifen. Sie musste es wenigstens versuchen. Hastig las sie die Aufgaben und begann zu schreiben. Sie presste alles vorhandene Wissen und Halbwissen aus sich heraus, von »Alpha-Teilchen« bis »modifizierte Raten«. Sie schrieb und kritzelte, bis der Wecker erneut klingelte, man ihr das Blatt aus der Hand nahm und es zu den anderen auf den Stapel legte. Alle waren schon vor ihr fertig geworden. Sie war die Letzte, die den Klassenraum verließ.

Zum ersten Mal wartete draußen niemand auf sie. Niemand fragte, wie es gelaufen war. Allein radelte Ella zum Pizzaturm, wo bereits ein Grüppchen Kleinkinder zwischen Luftballons und Papiergirlanden auf ihren Gesangseinsatz warteten. Hastig warf sie sich in ihr Pizzakostüm, das heute besonders unförmig an ihr hing, wie eine angeschimmelte Calzone. Als sie vor ihr erwartungsfrohes Publikum trat, gelang es ihr, die Traurigkeit halbwegs zu überspielen. Aber es war bestimmt ihr schlechtester Auftritt ever in dem Laden. Das etwa fünfjährige Geburtstagskind starrte sie mit bebender Unterlippe an und lief davon. Die anderen Kinder wanden sich nach ein paar Takten ab und ihrer

Pizza zu, sodass immerhin eine Person im Raum zufrieden schien: Hans-Herbert, Ellas Chef. Sie bildete sich sogar ein, auf seinem Gesicht einen Ausdruck von Genugtuung zu entdecken. Als würde er sich darüber freuen, dass wieder einmal ein junger Mensch mit großen Hoffnungen gescheitert war.

Nach dem Auftritt packte sie tränenblind ihre Sachen zusammen, fuhr ohne Gruß nach Hause und verkroch sich zurück ins Bett. Auch am nächsten Tag blieb Ella ein Häufchen Elend. In der Schule ging sie allen aus dem Weg und suchte anschließend sofort wieder den Schutz ihres Bettes.

Das ging Tage so, bis Tim schließlich energisch den Vorhang zur Seite zog und sich vor ihr aufbaute.

»Du musst irgendwas machen, Ell! Ich halt das nicht mehr aus. Du bist nicht happy, die Wölfe sind nicht happy.«

Ella zog sich die Bettdecke über den Kopf. »Die Wölfe hassen mich. Und ich kann's verstehn.«

Tim rieb sich verlegen die Nase. »Ähm, Ell. Ich weiß, das ist total doof, aber …«

Ella lugte unter der Decke hervor. Um was ging es denn jetzt wieder?

»Beim Dreh hat's meinen Kopfhörer …«, fuhr Tim fort, »… na ja … er ist kaputt, also … ich müsste das Musikvideo jetzt schneiden.«

»Welches Video?«, fragte Ella.

»Na ja. Das Woolfpack-Video für den Contest.«

»Was? Ihr habt das schon gedreht?«, fragte Ella entsetzt. »Ohne mich?« Klar ohne sie. Der Albtraum war Wirklichkeit, die Band spielte ohne sie und keiner scherte sich um sie. Die Welt drehte sich einfach weiter, das Woolfpack hatte sie aus ihrem Leben gestrichen und Leon auch.

Tim druckste herum. »Die Wölfe wollen es diesem Alpha zeigen, koste es, was es wolle …«

»Verstehe«, erwiderte Ella matt und raffte ihr Bettzeug zusammen. »Ich geh schon.«

»Du kannst mir auch einfach deinen Kopfhörer geben«, rief Tim ihr nach, aber sie winkte nur ab und schlurfte in Richtung Badezimmer. Sie schmiss ihr Bettzeug in die Wanne, legte sich rein, zog sich die Decke über den Kopf und stellte sich tot.

Dort blieb sie, bis ihre Mom kam und ihr kopfschüttelnd die Decke wegzog.

»Bitte lass mich einfach hier liegen«, bat Ella mit tonloser Stimme.

Aber ihre Mom dachte nicht daran. »Alle sind unglücklich! Das ist ja nicht zum Aushalten!«, beschwerte sie sich. »Ich war jetzt zweimal da. Der junge von Bergen sitzt nur noch mit dieser blöden 1900-Euro-Gitarre da und klampft vor sich hin.«

Ella horchte auf: »Leon?«

Ihre Mutter sah seufzend zur Decke. »Ich vermiss richtig das Gewummer von früher!«

»Der hat allen Grund, mich zu hassen!«, erklärte Ella und versank wieder tiefer in der Wanne.

Ihre Mom setzte sich zu ihr auf den Rand. Irgendetwas schien ihr noch auf der Seele zu liegen.

»Tut mir übrigens leid, Schnute«, erklärte sie schließlich. »Ich muss mich bei dir entschuldigen. Er hat mir gesagt, dass es stimmt.«

Ella sah ihre Mutter fragend an. »Was denn?«

»Na, dass er dir die Gitarre verkauft hat.«

Ellas Miene hellte sich ein kleines bisschen auf. Endlich war wenigstens das klargestellt! Und wenn Leon es ihrer Mutter gesagt hatte ... bestand vielleicht sogar die Möglichkeit, dass Leon sie weniger stark hasste, als sie annahm?

Ihre Mom klatschte sich auf die Schenkel. »So.« Sie stand auf. »Mach du, was du willst, ich fahr jetzt zu den von Bergens aufräumen.«

Ella dachte noch einen Moment nach. Doch dann befreite sie sich aus ihren Decken und sprang aus der Wanne. Ja, aufräumen war jetzt vielleicht genau das Richtige! Und wenn die Wölfe schon nicht mit ihr sprechen wollten, dann fing sie eben bei Leon an.

23. Kapitel

Das Putzzeug auf dem Gepäckträger vertäut, radelte Ella mit ihrer Mom durch den Ostpark. Fast war sie erstaunt, dass draußen so schönes Wetter war, nachdem sie sich tagelang vergraben hatte. Sie hatte noch keinen genauen Plan, aber eine feste Absicht: sich bei Leon entschuldigen. Die Aktion mit dem Plattenlabel war nicht richtig gewesen. Da war es durchaus denkbar, dass er gar nicht mit ihr sprechen wollte. Aber als Teil der Putztruppe konnte er ihr nicht aus dem Weg gehen. Ein bisschen flau wurde ihr, je näher sie nach Bogenhausen kamen. Doch als sie die Villa betraten, war von Leon weder etwas zu sehen noch zu hören. Kein Gewummer, keine Gitarre. Ella war enttäuscht. Ihr blieb nichts übrig, als zu warten, ob er noch auftauchte.

»Fang du doch in der Küche an«, schlug ihre Mutter vor. »Dann mach ich hier die Böden.«

Ella nahm Schwamm und Putzzeug. Die Spülhandschuhe überstreifend, betrat sie die Küche. Doch dort saß bereits Leons Mutter mit einem Kaffee an ihrem Laptop. Sofort machte Ella auf dem Absatz kehrt. Aber Frau von Bergen rief sie zurück: »Ne, mach ruhig: kein Problem!« Dann vertiefte sie sich wieder in ihre Arbeit.

Ella begann die Ablagen leer zu räumen und das Geschirr in die Maschine zu stapeln. Dabei fiel ihr eine bereits arg angestoßene Pikachu-Tasse in die Hände. »So, so, Mister Supercool«, dachte Ella gerührt. Während sie die Tasse behutsam in den Schrank stellte, vernahm sie mit einem Mal von weit her einzelne Moll-Akkorde. Die leisen Gitarrenklänge brachten ihr Herz aus dem Takt. Leon war also doch zu Hause!

Aber plötzlich fühlte sich ihr Plan nicht mehr so einfach an. Was, wenn Leon ihre Entschuldigung gar nicht annehmen wollte? Und was, wenn er sie annahm? Dann wären die Wölfe noch saurer auf sie! Konnte es nicht einen Weg geben, mit allen Frieden zu schließen?

Ella bekam Muffensausen und begann, wie wild die Armaturen zu schrubben. Sollte sie wirklich hochgehen? Da wandte sich unvermittelt Frau von Bergen an sie: »Was haltet ihr jungen Leute eigentlich von Yoga-Dance?«

Ella hielt inne. Wie kam sie jetzt auf Yoga-Dance? »Weiß nicht«, gab Ella zurück. »Was sagt denn Ihr Sohn?«

Frau von Bergen lachte bitter auf: »Der junge Mann da oben hat sicher keine Ahnung, was zukunftsweisend ist.«

Ella verstand immer noch nicht, worauf Frau von Bergen hinauswollte: »Wollen Sie mit Yoga-Dance anfangen?«, fragte sie.

Leons Mutter sah Ella entsetzt an. »Auf keinen Fall. Dazu hätte ich niemals genug Ruhe. Ich kann mich maximal bei Soul-Cycling entspannen. Da kann man parallel E-Mails schreiben.« Sie zeigte auf ihren Monitor. »Aber die hier bei diesem Start-up«, erklärte sie. »Die wollen uns nahebringen, dass es wichtig ist, im Moment zu leben. Weniger an die Zukunft zu denken oder an die Vergangenheit und mehr ans Jetzt. Daran, was jetzt wichtig ist.«

Ella wusste, was sie meinte. »So live-in-the-moment-mäßig?«

»Was brauchst du jetzt?«, deklamierte Frau von Bergen und hob den Zeigefinger: »Dann tue es auch, jetzt!« Zur Bekräftigung schlug sie mit der flachen Hand auf den Küchentisch. »Steht hier auf der Website«, fügte sie hinzu.

Aber Ella hörte schon gar nicht mehr zu. Sie hatte

mit einem Mal ein klares und starkes Gefühl, was jetzt genau das Richtige war. Sie ließ alles stehen und liegen und machte sich auf den Weg in den ersten Stock. Dass Leons Mutter ihr verwundert nachrief, ob sie schon fertig sei, war Ella in dem Moment egal. Jetzt war nur noch eines wichtig: Leon.

Vor seiner Zimmertür hielt Ella kurz inne und lauschte der Gitarre. Leon spielte ein schwermütiges Lied aus d-Moll- und h-Moll-Akkorden. Ella atmete noch einmal tief durch und klopfte.

»Jetzt nicht«, rief Leon unwirsch. Trotzdem öffnete Ella die Tür. Leon saß im Schlafanzug auf seinem Bett mit der Gibson auf dem Schoß.

Er schien nicht besonders erfreut, sie zu sehen. »Was willst du?«

»Meine Gitarre«, behauptete Ella.

Leon lachte auf und schüttelte den Kopf. »Komm in zwei Tagen wieder.«

»Ey. So läuft das nicht. Das ist meine Gitarre«, versuchte Ella ihn aus der Reserve zu locken.

Aber Leon hatte überhaupt keine Lust, auf ihre Provokation einzusteigen. Er legte die Gibson neben sich. »Ja, hinterhertragen werd ich sie dir nicht«, sagte er, als sie sich nicht rührte. Er vermied es, sie anzusehen, und starrte demonstrativ aus dem Fenster.

Einen Moment war es still im Raum. Ella nahm die Gitarre und drehte sich um. Das hatte keinen Sinn, wieso war sie überhaupt mit hergekommen?

Na gut, sie wusste genau, wieso. Sie startete einen neuen Versuch und wandte sich noch mal zu ihm um. »Weißt du, bei deinem Riff?« Sie setzte sich mit dem Rücken zu ihm aufs Bett. »Ich würd mal versuchen, nach dem dritten Akkord hochzugehen.«

Ella blickte sich um und spielte ihm vor, was sie meinte. Leon wandte den Blick zur Seite und starrte ins Leere. Aber dann räusperte er sich. »Okay. Und jetzt spiel's mal vorgezogen. Zieh's mal vor.«

Ella spielte das Riff offbeat.

Es war perfekt. Groove und Harmonie gingen jetzt Hand in Hand. Unfreiwillig musste Ella lächeln. Und als sie sich umsah, merkte sie, dass es Leon genauso ging. Kurz trafen sich ihre Blicke. Aber dann wandte Leon sich ab.

Statt zu Ella nuschelte er in Richtung seines Kleiderschranks: »Ja. Vielleicht.« Er zeigte ihr die kalte Schulter. Zu Recht. Ella musste es schaffen, sich zu entschuldigen. Tief einatmen!

Sie nahm die Gitarre vom Schoß und legte sie zurück aufs Bett. »Das mit dem Label war 'ne Scheiß-Aktion. Tut mir leid«, sagte sie. Mit pochendem Herzen wartete sie auf seine Reaktion. Aber Leon antwortete nicht. Er stand auf, ging zum Fenster und sah in den Garten. »Richtig massive Scheiß-Aktion«, sagte er schließlich.

Ella ließ den Kopf hängen und suchte nach Worten. Es war nicht schön, so deutlich bestätigt zu bekommen, dass sie Mist gebaut hatte. »Ich hab ... ich hab einfach so eine krasse Angst, dass es nicht reicht, verstehst du?«, versuchte sie zu erklären. »Dass ... ich in der Schule nicht gut genug bin oder in der Musik, und ich will ... ich wollte einfach so viel mehr als das.« Ella deutete auf ihr sauber.de-T-Shirt.

Leon sah sich kurz zu ihr um, betrachtete dann aber wieder angestrengt den Garten. Eine unangenehme Stille füllte den Raum. Ella fühlte sich von Sekunde zu Sekunde unbehaglicher. Sie stand auf. »Ich hätte einfach auf Anaïs hören sollen«, sagte sie.

Leon lachte bitter auf. »Deine Feministen-Freundin?«

Ella stöhnte verärgert. »Was ist das eigentlich für 'ne Macho-Nummer, die du hier die ganze Zeit abziehst?«

Leon drehte sich überrascht um. »Was für 'ne Macho-Nummer?«

Wie bitte? Hatte Ella sich gerade verhört? Wusste Leon wirklich nicht, was sie meinte? Sie gab ihm einen Tipp: »*Alles Dior, Dicka, Bitch klebt wie Sticker, keine Liebe* – keine Liebe?«

Leon verzog unwillig das Gesicht. »Das ist Style. Das bedeutet doch nichts!«, rechtfertigte er sich.

Ella war anderer Meinung: »Doch. Für Anaïs bedeutet das was. Und für mich auch. Respekt. Du kannst nicht einfach mit 'ner Flasche Schampus irgendwo aufkreuzen, nur weil du denkst, dass du's kannst. Dann kannst du auch bei der Unternehmensberatung von deinen Eltern anfangen.«

»Autsch.« Leon wirkte getroffen.

»Weißt du, ich dachte, du hast einfach alles«, begann Ella einen neuen Versuch, sich zu erklären. »Ich dachte, für dich macht es keinen Unterschied, ob du heute zu 'nem Label gehst oder morgen. So von wegen ›Alles easy immer so‹.«

Diesmal sah Leon sie verständnislos an. »Hä? Was weißt du denn schon über mein Leben?« Seine Stimme klang bitter. »Meine Mutter ist knallharte Geschäftsfrau, glaubst du, ich bekomm irgendwas umsonst?«

»Na ja, geht dir auf jeden Fall nicht schlecht mit deinen Privilegien«, erwiderte Ella und zeigte auf das Musikequipment.

»Ja, klar! Meinetwegen bin ich verwöhnt«, gab Leon zu. »Aber ich versuch, was Gutes damit zu machen – nämlich Musik! Damit Leute Spaß haben, zusammenkommen und feiern!«

Plötzlich durchzuckte Ella ein Gedanke! Leon hatte etwas sehr Richtiges gesagt! Wie konnte sie das vergessen haben? Es war die Musik! Eine Sprache mehr als tausend Worte, mehr als die Noten auf einem Stück Papier. Die Musik war es, die sie alle miteinander verband. Endlich wusste sie, was sie tun musste.

»Ich brauch deine Hilfe«, platzte es aus ihr heraus.

»Die Wölfinnen und ich. Wir haben immer alles zusammen gemacht. Seit der ersten Klasse. Die sind wie 'ne Familie für mich.«

»Und was willste dann von mir?«, wunderte sich Leon. »Niemand ist schlechter mit Familie als ich.«

»Lass uns einen Song zusammen machen«, bat Ella.

Leon verstand nicht. »Fürs Finale? Jetzt doch?«

»Nee. Für die Wölfinnen …«, rief Ella. »Wir haben noch diesen einen Sommer zusammen. Jetzt. Und den will ich verdammt noch mal haben. Verstehst du?«

Leon zuckte die Achseln. »Dann sprich doch mit ihnen …«

»Sie wollen mir nicht zuhören, deshalb muss ich es ihnen zeigen! Ich muss ihnen zeigen, wie wichtig sie mir sind! Mit einem Song!«

Leon überlegte. Ella sah, wie heftig es in ihm arbeitete. Für einen Moment fürchtete sie, dass er sie rausschmeißen würde. Doch dann ging er zu seinem Mischpult. »Wie wollen wir anfangen?«

Ella sprang strahlend vom Bett auf. Er war dabei. Beinahe hätte sie ihn umarmt. Aber Leon sah auf sein Mischpult und sie hielt sich zurück.

»Also ich würde jetzt einen coolen Beat anlegen mit einem krassen Subbass drunter«, schlug er vor. »Und du?«

»Ich kümmere mich um die Melodie«, erklärte Ella. Sie nahm die Gitarre und improvisierte ein paar Akkorde. »Und ich glaube, der Song sollte nich so funky, sondern mehr so Richtung Ballade gehen. Ist das schlimm?«

Leon sah sie an und grinste. »Solange die Ballade geile Beats hat …«

Und so tüftelten sie gemeinsam an Ellas Song für die Wölfe. Während Ella auf der Suche nach einer catchy Hookline auf der Gitarre improvisierte, ging Leon seine Sample-Library durch. Er testete verschiedene Sounds. Ella hielt kurz inne und sah rüber zu ihm. Er schien mehr und mehr Feuer zu fangen für dieses Projekt. Lächelnd arbeitete sie weiter an ihrem Part.

Später lagen sie auf Leons Bett und schrieben am Text, bastelten an der Songstruktur. Ella fühlte sich sagenhaft leicht. Sie hatte nicht erwartet, dass die Zusammenarbeit mit ihm solchen Spaß machen würde. Sie nahm ihr Handy, rückte näher an Leon. Gemeinsam klickten sie sich durch die Fotos ihrer Freundinnen. Romys zehnter Geburtstag, ihr erster Auftritt vor Romys Eltern … Leon lachte über die Bilder, hatte Ideen, machte Vorschläge. Ella genoss den kreativen Höhenflug, die gemeinsame Suche nach dem idealen Sound. Sie probierten, verwarfen und legten fest. Stundenlang. Mal alberten sie herum, mal waren sie hoch konzentriert. Auf einmal fühlte es sich an, als würden sie sich schon lange kennen. Schließlich sang Ella die ersten Zeilen. Leon saß am Mischpult und zog die Regler, nickte, stapelte Klangebenen, perfektionierte das Timing und sang die Hook mit.

»Immer wenn ich die Augen schließe …« Ellas Augen glänzten. »Das ist gut, ja.«

Es war schon weit in der Nacht, als beide mit dem Ergebnis zufrieden waren. Aber es war noch mehr als ein Song entstanden. Ella hatte verstanden, was Leon ausmachte. Er konnte verdammt schlagfertig, lustig, aber auch ernst und konzentriert sein – vor allem brannte er, genau wie sie, bedingungslos für die Musik!

Noch einmal hörten sie gemeinsam den gesamten Track. »Hey, wenn das deine Freundinnen nicht überzeugt …«, sagte Leon und drehte sich zu ihr. »Das ist richtig gut, Ella!« In seinem Blick lag Stolz und Bewunderung. Und noch etwas mehr.

»Ja, ist gut geworden.« Sie lächelte und sah ihn lange an. »Danke, Leon.« Sie legte ihre Hand auf seine und drückte sie.

Es fühlte sich gut und selbstverständlich an, als sie ihn küsste. Etwas überrascht sah Leon sie an, dann küsste er sie zurück, inniger und länger. Es gab in dieser Nacht für Ella keinen Grund mehr, nach Hause zu gehen.

24. Kapitel

Von der Nacht mit Leon noch aufgewühlt und glücklich, schloss Ella am nächsten Morgen ihr Rad vor der Schule ab und stürmte ins Innere. Obwohl es kaum noch möglich schien, war die Schule noch heftiger mit Virginia-Woolfpack-Postern zugekleistert als am Vortag. Überall hingen Ballons und irgendjemand hatte mit Edding das Band-Logo an die Wand gemalt. Voller Tatendrang machte sie sich auf die Suche nach ihren Freundinnen.

Aus dem Untergeschoss hörte sie Stimmen und Musik. Ella beugte sich übers Geländer. Die Wölfe standen mit Tim vor dem Musikraum beisammen und schauten alle wie gebannt auf Tims Handy. »Guck mal über uns …« erklang die Stimme von Anaïs. Sie sahen wohl gerade das Musik-Video an, das Tim gestern fertig geschnitten hatte. Das Video, das die Wölfe ohne sie gedreht hatten. Ella schluckte. Begeistert wirkten die Mädchen allerdings nicht. Die kritischen Blicke überwogen.

»Ob die Fanbase das mit dem neuen Look auf die Kette kriegt?«, fragte Romy zweifelnd.

»Wir haben gesagt, wir probieren dieses Ariana-Grande-meets-Kanye-Ding aus und das ist eben … neu.« Anaïs' Stimme klang ungewohnt trotzig.

»Hauptsache wir stechen den Affen aus«, pflichtete ihr Cahide bei. Aber überzeugend klang sie nicht.

Romy wandte sich ächzend ab. »Ich kann da nicht länger hinsehen.«

Im nächsten Moment sah Anaïs Tim scharf an. »Du hast 'nen ganz schön lockeren Zoomfinger, Junge.«

»Aber ihr wolltet doch edgy Mainstream, oder nicht?«, versuchte Tim sich zu rechtfertigen. Seufzend ließ er den Kopf hängen. Tja, Bruderherz, an Anaïs wirst du dir noch die Zähne ausbeißen, dachte Ella.

Gerade als Anaïs sich Tims Handy schnappte und entgeistert auf den Bildschirm starrte, kam Böblinger-Moll aus dem Musikraum geschlendert. Neugierig lugte er im Vorbeigehen auf das Handy. Anaïs verbarg es instinktiv hinter ihrem Rücken.

»Na, womit hat der YouTube-Algorithmus euch diesmal angefixt?«, erkundigte sich der Musiklehrer.

»Wir, ähm … gucken Pornos?«, wich Anaïs aus.

»Ah … okay. Weitermachen.« Leicht irritiert

wollte Böblinger-Moll an ihnen vorbei. Aber Cahide hielt ihn zurück. »Lassen sie unserem Video 'nen Like da? Für den Song Contest?«

Böblinger-Moll lachte auf. »Sehe ich so aus, als ob ich was like?«

»Wollen sie's trotzdem mal sehen?«, fragte Cahide. Tim schüttelte stumm den Kopf in ihre Richtung. Anaïs und Romy starrten entsetzt auf den Boden.

»Wir freu'n uns über jeden, der uns ins Finale votet. Ich schick Ihnen 'nen Link!« Cahide tippte etwas auf ihrem Handy. Im nächsten Moment piepte es auch schon bei Böblinger-Moll. Im Weitergehen klickte er auf den Link, sein Schritt wurde langsamer, sein Blick zunehmend besorgter.

Anaïs flüsterte den anderen etwas zu, Romy verdrehte genervt die Augen. »Los, gehen wir proben.«, sagte sie nur, und das Pack verschwand im Musiksaal, während Böblinger-Moll kopfschüttelnd über sein Handy gebeugt die Treppe heraufkam. »Guten Morgen, Herr Böblinger-Moll«, grüßte Ella, die ihm nicht ausweichen konnte.

»Das ist schlimmer als meine Scheidung«, ächzte er und reichte Ella sein Telefon weiter.

Ungläubig betrachtete Ella den Clip, in dessen Mittelpunkt ein roter Sportwagen stand, um den die Mädchen im knappen Outfit lasziv herumposierten.

Das Ganze sah aus wie die Parodie einer Parfümwerbung aus den Neunzigern. Gerade warf Romy mit Schmollmund ihr weißblondes Haar über die nackte Schulter. Dann kam Cahides Ausschnitt ins Bild und es folgte eine Großaufnahme von Anaïs' twerkendem Hintern in knallengen Lackshorts. »Fuck!« Was hatte das Pack getan?

Ella gab Böblinger-Moll das Handy zurück und eilte mit ungutem Gefühl weiter zum Proberaum.

Als sie eintrat, war die desaströse Stimmung mit Händen zu greifen. Romy, die schon am Schlagzeug saß, wollte Ella sofort wieder rausschicken. »Wenn du uns Shit geben willst für das Video, kannste dir sparen!«

»Wir haben uns zum Affen gemacht. Aber das Schlimmste ist«, schimpfte Anaïs, »das Scheiß-Rezept von diesem berufsjugendlichen Produzentenpenner funktioniert auch noch!«

Cahide sah unglücklich zu Boden: »Caro Anaell gibt mehr fucking Klicks als ›Wir bleiben wir‹.«

Ella holte ihr Handy hervor. Es hatte jetzt keinen Sinn, über das Video zu reden. Sie wollte ihren Freundinnen den Song vorspielen. »Darf ich euch was zeigen?«

»Nein!«, kam es wie aus einem Munde von allen dreien. Ella zuckte innerlich zusammen, tat jedoch so, als hätte sie das Votum überhört. »Ist sowieso besser mit Kopfhörern, aber …« Unsicher schlug sie den Weg zum Mischpult ein. »Oder ich plug mich in die Anlage ein? Das ist ein Track. Den müsst ihr Euch unbedingt anhören. Wirklich!« Mit Tränen in den Augen fummelte sie nach dem Adapterkabel. Anaïs verstellte ihr den Weg.

»Weißt du«, versuchte sie es erneut, »vielleicht ist es wie in Physik mit den Amplituden. Der eine Song kann den anderen vielleicht ausgleichen.«

Anaïs verschränkte die Arme. »Pff, Ella, nee. So einfach geht das nicht.«

Ella sah nicht auf. Endlich gelang es ihr, das Handy zu verkabeln. »Bitte. Dauert nur drei Minuten.«

Offenbar hatte Ellas Aktion Anaïs' Ärger nur noch verstärkt. »Es geht doch nicht darum, dass du mit dem Alphatyp Musik gemacht hast, verstehst du? Ich dachte wir können uns alles sagen. Ich kann einfach nicht glauben, dass du mich angelogen hast.«

Ella wurde kreidebleich. Anaïs stellte ihren Bass ab und stürmte an Ella vorbei aus dem Raum.

»Warte«, rief Ella ihr noch nach, als auch Cahide und Romy blitzartig ihre Sachen packten und den Raum verließen. Scheppernd fiel ein Becken zu Boden, an das Romy im Vorbeigehen stieß, und Ella blieb allein zurück. Verzweifelt sah sie auf das nutzlose Adapterkabel.

25. Kapitel

Die nächsten zwei Tage verkroch sich Ella zu Hause. Sie wollte niemanden sehen. Selbst über die Sensationsnachricht, dass sowohl Leon als auch das Pack ins Finale gewählt worden waren, konnte sie sich nur kurz freuen. Ihr Happy End war im Übungsraum gegen die Wand gefahren. Ella hatte keine Ahnung, wie sie und das Pack je wieder zueinanderfinden sollten. Und so hatte sie aus einem Gefühl dumpfer Betäubung nicht einmal auf Leons Nachrichten reagiert. Auch mit ihrem Bruder hatte sie kaum gesprochen. Tim litt sichtlich.

Als sie nach einem schweigsamen Abendessen im gemeinsamen Zimmer saßen, fasste er sich endlich ein Herz und zog vorsichtig den Vorhang zurück. »Also … meine Vision für das Video wäre eigentlich gewesen … ähm … so eine Verfolgungsjagd-Tanzsequenz, weißt du, Und ihr hättet alle so weiße

Kleider angehabt und creepy Blumenkränze im Haar.«

Ella nickte abwesend. Tim wollte gerade zu weiteren Erklärungen ansetzen, als jemand an den Türrahmen klopfte. Es war Leon. »Wie bei ›Midsommar‹?«

Tim nickte erfreut. »Genau!«

Ella sprang von ihrem Bett, auf ihrem Gesicht ein erschrockenes Fragezeichen.

»Hab geklingelt. Deine Mutter hat aufgemacht …«, erklärte Leon. Er sah richtig gut aus in dem dunklen Hemd, und sie erinnerte sich daran, wie gut er ohne das Hemd ausgesehen hatte.

»Und woher hast du … also woher weißt du, wo ich …« Ella versuchte unauffällig, ihre strähnigen Haare zu ordnen.

»Hab deine Mutter gefragt.«

Ella stöhnte innerlich. Wusste Leon nicht, dass man so etwas nicht machte? So einen Quatsch würde sie ihm noch dringend abgewöhnen müssen. Aber jetzt war er hier. In ihrem Zimmer. Mit Tim, der keine Ahnung hatte.

»Leon. Ähm … das ist Tim. Ihr kennt euch ja«, stellte Ella die beiden einander vor.

»Ähm. Setz dich doch.« Tim räumte auf seinem Bett ein paar Bücher, Kabel und Batterien zur Seite.

Leon nahm neben ihm Platz und sah sich um. »Von der Platte zum Star. Ich dachte, du meinst damit 'ne Schallplatte«, gestand er. Einen Moment herrschte verlegenes Schweigen.

»Ähm, Tim ... wolltest du nicht Mama ... beim Nägelmachen helfen?«, wandte sich Ella schließlich an ihren Bruder und versuchte ihm mit den Augen ein Zeichen zu geben. Der sah sie verwirrt an. »Hä? Nee. Was soll ich denn da machen?«

Doch dann verstand er den Wink. »Ach so ... ja. Klar. Klar.«

Rasch stemmte er sich in seinen Rollstuhl und rollte aus dem Zimmer. Ella machte die Tür hinter ihm zu.

»Tut mir leid, dass ich nicht gleich zurückgeschrieben habe, ich war einfach zu down«, entschuldigte sich Ella. Sofort überrollte sie der Kummer wieder mit ungebremster Wucht. »Weißt du, sie wollten den Track nicht mal anhören. Wie soll ich denn alles wiedergutmachen, wenn sie mich nicht lassen?«

Leon stand auf und kam auf sie zu. Er umarmte sie und Ella fing beinahe wieder zu weinen an. Trotzdem tat seine Nähe gut.

»Vielleicht musst du den Track an dem Ort performen, wo sie am allerwenigsten damit rechnen.«

Ella verstand nicht. »Okay. Und wo?«

»Ich bin doch eh von Anfang an mit ’nem Ella-Feature angetreten«, erklärte er und grinste schief.

Jetzt begriff sie. »Auf gar keinen Fall! Die Leute stehen auf deine Beats! Wenn wir mit dem Song für die Wölfe antreten, wirst du niemals gewinnen!«

Leon nahm ihre Hand und sah ihr direkt in die Augen. »Und würde dich das stören?«

Ella überlegte. Doch dann lächelte sie. »Nicht im Geringsten.«

26. Kapitel

Als Ella am Tag des Finales mit ihrer Mom den holprigen Kopfsteinpflasterweg zum Muffatwerk hinunterradelte, war der Platz vor der Halle vollkommen überlaufen. Sie schlossen die Räder ab und mischten sich unter die Leute. Überall hingen Plakate, an zahlreichen Ständen wurde Essen und Getränke angeboten. Besonders der Stand mit Band-Merch wurde von den Fans belagert. An einem Getränkestand entdeckte Ella Böblinger-Moll, der das Treiben mit missbilligendem Blick betrachtete. Ganz offensichtlich: Hier war nichts, aber auch gar nichts nach seinem Geschmack! Überall quietschvergnügte, amüsierwillige Leute!

Einem Neuntklässler mit irgendeinem Alcopop in der Hand gelang es nicht mehr, sich rechtzeitig zu verdrücken. »Herr … Böblinger-Moll? Sie hier?« Ella grinste in sich hinein.

Der Lehrer nahm dem Jungen das Getränk einfach aus der Hand. »Du bist doch noch keine sechzehn!« Missmutig davonstapfend, verhedderte sich ihr Lehrer keine zwei Meter weiter in einem im Wind herumflatternden Radio-Energy-Banner. »Ich bin wortwörtlich in der Kommerzhölle gelandet …«, stellte er erschüttert fest, nachdem er sich befreit hatte. Entgeistert nahm er einen großen Schluck aus der konfiszierten Dose.

Ellas Mom, die ganz in der Nähe stand, interpretierte seinen fassungslosen Gesichtsausdruck auf ihre Art: »Man fühlt sich bei solchen Veranstaltungen so alt, oder?«, lachte sie.

Böblinger-Molls Stimmung schien sich bei ihrem Anblick schlagartig zu verbessern. Mit tänzelndem Schritt kam er näher. »Ich war auch mal in 'ner Band, wissen Sie? Aber unser Smooth-Acid-Skiffle-Jazz hat sich nie richtig durchgesetzt …«

»Ich war früher voll auf Techno. Und ich finde Lehrer ehrlich gesagt viel interessanter als Musiker«, gab sie geheimnisvoll lächelnd zurück.

Flirtete ihre Mom da gerade mit ihrem Lehrer? Cringe!! »Ich muss dann mal rein, bis später, Mom! Tschüss, Herr Böblinger-Moll«, rief Ella und rannte davon, so schnell sie konnte. Schließlich hatte sie noch eine Mission zu erfüllen.

Backstage lief sie an Anaïs vorbei, die sie ausdruckslos ansah. Wieder fühlte sie einen schmerzlichen Stich.

Das war ihre letzte Chance, wenn sie es heute nicht hinbekam, war die Freundschaft für immer verloren. Schlimmer noch, wenn es in die Hose ging, würden das auch noch Hunderte live mitbekommen. Bei dem Gedanken wurde ihr flau im Magen. War der Song wirklich so gut, oder war es nur dieser Abend mit Leon gewesen, an dem sich alles so gut angefühlt hatte? Leon stand weiter hinten bei seinen Groupies und gab ihr ein schnelles Daumen-hoch und ein aufmunterndes Lächeln, während sie Richtung Bühne weiterging.

Dort performten gerade die Devil's Farts. Sie hatten ihre Bühnenshow dramatisch gesteigert. Bei der ganzen Strobo-Lichtshow konnte man auch direkt hinter der Bühne kaum noch etwas erkennen. Ella hielt sich schützend die Hand über die Augen und sah sich suchend um. Endlich erspähte sie Torben, der am Lichtpult beschäftigt war. Mit einem USB-Stick in der Hand lief sie zu ihm hinüber.

»Hi … ähm … Torben. Du, wär es möglich, dass du später … also hier sind Visuals drauf. Könntest du die …«

»Klar. Kein Problem«, erwiderte Torben. »Du bist mit alfaMK da?«

Ella nickte, drehte sich um und wäre beinahe mit

Anaïs zusammengestoßen, die mit Cahide, Romy und Tim im Schlepptau aufgetaucht war.

Anaïs sah sie voller Verachtung an. »Du willst wirklich um jeden Preis auf die große Bühne, oder?«

»Anaïs … Mann. Ich bin's«, gab Ella hilflos zurück. »Warum können wir nicht miteinander reden?«

Sie wusste, dass sie mit ihrem Verrat Anaïs' wundesten Punkt getroffen hatte. Seit der Sache mit ihrem Vater war für Anaïs Vertrauen nicht mehr selbstverständlich. Aber begriff sie nicht, dass Ella es aufrichtig bereute?

Cahide sah Ella bekümmert an. »Denk bloß nicht, wir vermissen dich nicht.«

»Cahide!«, zischte Romy.

»Ist doch wahr«, beklagte sich Tim an Anaïs gewandt.

»Ich vermiss euch doch auch!«, sagte Ella. Doch Anaïs drehte sich mit unbewegtem Gesichtsausdruck weg. Es tat weh, Anaïs so zu sehen. Ella bekam einen Kloß im Hals.

In diesem Moment beendeten die Devil's Farts mit einem Schlagzeugsolo, das von kreischenden Gitarrenrückkopplungen begleitet wurde, ihren Auftritt. Ella spürte eine Hand, die ihr von hinten auf die Schulter klopfte. Es war die Moderatorin. »Bist du die Neue von alfaMK?«

»Nee, ich …« Ella sah sich suchend um. Am Rand der Bühne entdeckte sie Leon, wie er zusammen mit Torben und ein paar Bühnenarbeitern darauf wartete, das E-Piano auf die Bühne zu schieben. Sie lächelte: »AlfaMK featuring Ella«, korrigierte sie die Moderatorin.

Diese verdrehte gestresst die Augen: »Wenn ihr ständig eure Namen ändert, könnt ihr das nicht einen Ticken früher kommunizieren?«

Schnaufend verschwand die Moderatorin Richtung Bühne, auf der sich die Devil's Farts gerade von ihren jubelnden Fans verabschiedeten. Sobald die Musiker die Bühne verlassen hatten, ergriff sie das Mikro: »Der nächste Act … alfaMK … lüftet endlich das Geheimnis über sein Vocal-Sample. Macht Lärm für alfaMK featuring Ella!!!!«

Ella atmete tief durch. Doch bevor sie auf die Bühne ging, wandte sie sich noch einmal an ihre Freundinnen. »Leon ist ganz anders, als ihr denkt. Bitte hört euch den Track an. Der ist … für euch, okay?«

Das Pack sah ihr beunruhigt nach. Romy räusperte sich. »Warum bin ich jetzt nervös?«

Aber auch Ella war angespannt. Erst als sie am Keyboard Platz nahm und ihr Leon zuversichtlich zulächelte, wurde sie ruhiger. Sie sammelte sich, legte die Finger auf die Tasten und spielte den ersten

Akkord. Ein Scheinwerfer flammte auf und hüllte sie in weiches Licht. Auf der Videoleinwand im Hintergrund erschien ein sanftes Glimmen.

In der Seitenbühne neigte Tim sich zu Anaïs. »Die Visuals sind von mir.«

Anaïs sah Tim kurz an, dann starrte sie angespannt nach vorn. Ella begann mit zarten Klavierklängen, die wie vorsichtige Fragezeichen durch den Raum flirrten. Von der ersten Note an gab es nur noch sie und die Musik. Und obwohl tausend Zuschauer sie erwartungsvoll anblickten, fühlte es sich an, als würde sie nur für die Wölfe spielen. Sie warf einen Blick auf ihre Freundinnen, dann begann sie zu singen.

Ich will zurück, als wir zusammen
Mit leuchtenden Augen
Luftschlösser bauten
Einen Sommer lang
Mit blutigen Knien
Geister besiegten

Auf der Leinwand hinter Ella tauchten nun Bilder auf, Fotos aus dem Leben der Freundinnen, dem ersten Urlaub am Meer, Band-Probe, Pyjama-Party, Geburtstage …

In Ellas Stimme schwang aufrichtiger Schmerz.

Irgendwann war es mal so leicht
Jetzt sind wir wie Fremde
1000 Probleme
Und es fuckt mich ab
Und tut mir leid
Warum mach ich kaputt
Was eigentlich schön ist

Neben der Bühne nahm Romy Cahide in den Arm, die bereits vor Rührung schluchzte. Auch Anaïs war sichtlich ergriffen. Doch sie wandte ihren Kopf zur Seite, um ihre Tränen zu verbergen.

Ella sah zu Leon, der leicht erhöht auf einem Podest hinter seinem Laptop stand. Ein blauer Lichtkegel richtete sich auf ihn, er startete einen ruhigen Beat zu Ellas Klavier. Ella schloss die Augen und verlor sich ganz in ihrem Gesang.

Immer wenn ich die Augen schließe
Seh ich's vor mir
Auch wenn ich's nicht immer zeigen kann
Glück, das seid ihr
Immer wenn ich die Augen schließe
Seh ich's vor mir
Auch wenn das die letzten Lieder waren
Wir bleiben wir

Wisst ihr noch als zwischen Zeilen
Träume lagen
Zuhause ein Zelt war
Unsere Zeit
Was ist geblieben?
Ich will nie wieder lügen

Nun setzte ein unerwartet satter Beat ein, der das Publikum sofort zum Mitwippen brachte. Er wurde nach und nach von Bass und Synthesizer ergänzt und brachte den Song zu seinem Höhepunkt.

Irgendwann war es mal so leicht
Jetzt trenn' sich die Wege
Ihr werdet fehlen
Und es fuckt mich ab
Und tut mir leid
Warum mach ich kaputt
Was eigentlich schön ist

Als Ella die Augen kurz öffnete, sah sie unten im Saal ziemlich weit vorn ihre Mutter, die neben Herrn Böblinger-Moll stand. Sie hatte seinen Arm gepackt, und wenn Ella nicht alles täuschte, hatte sie Tränen in den Augen.

Im Hintergrund liefen noch immer die Visuals.

Sie zogen vor Ellas innerem Auge in überscharfen Farben vorbei: Die Mädchen am Silvesterabend vor wild explodierendem Feuerwerk, Romy und Cahide im Halbdunkel verliebt beim Stehbluestanzen. Dann der Tag, als sie in Unterwäsche gemeinsam Hand in Hand in die Isar sprangen – gefolgt von Anaïs als Schneemann Olaf! Die gemeinsamen Verrücktheiten leuchteten hell und wurden bald von ruhigen Bildern inniger, wortloser Nähe abgelöst: Das faule Herumliegen im Gras an einem heißen Sommernachmittag, die Mädchen schlummernd auf einer langen Autofahrt, Kirschen essend im Garten …

Ella hatte ihren Schmerz über den Verlust dieser einzigartigen Freundschaft in jeden einzelnen Ton gepackt. Sie schmetterte jetzt jedes Wort direkt aus ihrer Seele.

Immer wenn ich die Augen schließe
Seh ich's vor mir
Auch wenn ich's nicht immer zeigen kann
Glück, das seid ihr
Immer wenn ich die Augen schließe
Seh ich's vor mir
Auch wenn das die letzten Lieder waren
Wir bleiben wir

Was ist mit uns passiert?
Überall waren immer wir
Ich will das nicht verlieren

Immer wenn ich die Augen schließe
Seh ich's vor mir
Auch wenn ich's nicht immer zeigen kann
Glück, das seid ihr
Immer wenn ich die Augen schließe
Seh ich's vor mir
Auch wenn das die letzten Lieder waren
Wir bleiben wir

Ella schloss beim letzten Akkord die Augen. Das Licht des Scheinwerfers wurde schwächer, Applaus brandete auf.

Ganz langsam kam Anaïs vom Bühnenrand auf sie zu. Sie standen sich gegenüber, dann gab sich Anaïs einen Ruck und umarmte sie. »Das war das schönste Scheiß-Lied, das ich je gehört habe«, flüsterte sie ihr bewegt ins Ohr.

Und dann spürte Ella vier bis sechs Arme gleichzeitig um ihren Körper, Küsse auf Stirn und Wangen. Es war eine Woge aus Liebe, die sie regelrecht umzuwerfen drohte. Anaïs, Romy und Cahide hatten die Bühne gestürmt, alles vergessen und verziehen. Das Publikum toste und schrie vor Begeisterung. Es schien, als würden es nie wieder aufhören wollen.

Offenbar hatte Ella sogar das Herz der Moderatorin berührt. Sich lautstark schnäuzend, enterte sie die Bühne. »Applaus für Featuring Ella«, rief sie. Aber da hatte sie wohl jemanden vergessen. Ella löste sich aus den Armen ihrer Freundinnen und sprang auf das Podest hinauf zu Leon. Ohne zu zögern, umarmte sie ihn und küsste ihn lang und leidenschaftlich. Das Publikum johlte, es flippte geradezu aus. Nur Romy war wie gewohnt ungeduldig.

»Und? Was ist jetzt?«, rief sie lachend. Dann setzte sie sich hinter die Drums und begann einzuzählen. Cahide hatte gerade noch Zeit, hinter den Synthi zu klettern, und Anaïs legte sich ihren Bass um.

Leon reichte Ella die Gibson. Die verdatterte Moderatorin trat rasch zur Seite, als die Mädchen unter Jubelrufen auch schon loslegten. Im ganzen Saal herrschte ausgelassene Partystimmung. Böblinger-Moll stand immer noch neben Ellas Mom und sah stolz zu ihnen auf die Bühne.

Weiter vorne hob Tim seine Kamera. Anaïs zwinkerte ihm zu. Dann begann das Pack zu singen: Es war ihre Hymne an die Freundschaft.

Schließ die Augen
Freier Fall
So jung werden wir
Nie wieder sein
Lass uns glauben und scheitern
Aufstehen und weiter
Kippenglut und Benzin
Billigwein, Aspirin
Mit den Wölfen auf den Straßen sing'n
Und wir schrei'n in den Wind

Ich will meine Fehler
Ich will meine Fehler
Ich will meine Fehler richtig machen
Ich will meine Fehler
Ich will meine Fehler

Vielleicht werden es Fehler sein
Doch sie gehören mir allein
Gib den Scherben einen Kuss
Weil es manchmal weh tun muss

Ich will meine Fehler
Ich will meine Fehler
Ich will meine Fehler richtig machen

Epilog

Und wer hat jetzt gewonnen?

Ach so, okay. Die Devil's Farts – zunächst als »Schocksieger« bezeichnet – wurden von der Presse als Band der Stunde gefeiert und lösten einen nie da gewesenen Hype aus. Dark Horror Metal was the next big thing. Auf YouTube und Instagram erschienen bald die ersten Schminktutorials mit Asche und Ziegenblut. Auf TikTok wurden Dämonen beschworen. Den größten Erfolg hatte die Band mit der von ihr beworbenen Hautcreme aus Sumpfblumenessenz.

Und wie ging es mit Virginia Woolfpack weiter?

Vorneweg: Ja, Ella hatte bei der Physikklausur auf die Schnelle nur eine Fünf minus zusammengekritzelt. Trotzdem reichten alle Punkte zusammen für ein zugegeben unterdurchschnittliches, aber amtliches Abitur. Ella witzelte, dass dies wohl ein Fall für Galileo Mystery sei, aber insgesamt war die Freude ungeteilt riesig. Am Tag der Feier erhielt sie ihr Zeugnis von Herrn Böblinger-Moll persönlich. Während ihre Mom bei der feierlichen Übergabe vor Stolz in Tränen ausbrach, stimmte der Rest des Packs ein jubelndes Wolfsgeheul an, in das die halbe Aula einfiel.

Ella war wieder Teil von Virginia Woolfpack und die Mädchen machten weiter zusammen Musik, intensiver und leidenschaftlicher denn je. Und das würden sie auch weiter tun, wenn Romy und Cahide im Herbst nach Hamburg gingen. Aber bis dahin war noch lange Zeit. Davor lag ein wunderbarer Sommer mit ihren Mädels und mit Leon – für Ella der beste Sommer überhaupt.

Der Soundtrack zum Kinofilm
Alle für ELLA
AB SEPTEMBER 2022
ÜBERALL DIGITAL UND ALS CD
ERHÄLTLICH.
BMG